U0018166

此物最相思

古典詩詞的愛情體驗

張曼娟

此物最相思

——宛如絕句

王維的五絕〈相思〉：「紅豆生南國，春來發幾枝。願君多採擷，此物最相思。」原本是寫給音樂家好友李龜年的，他肯定沒料到，千年之後，會成為立法委員質詢教育部長的材料——請問部長，這首詩用的是什麼修辭法？

王維的詩，不是為修辭學而

作的，表達的是含蓄而綿密的情意。

這首詩不該質詢政府官員，最能心領神會的，是天下有情人。

它很美，卻無法言詮，就像是李商隱的「滄海月明珠有淚，藍田日暖玉生煙」，都只是象徵。愛到巔峰極致，靈魂與肉體的美，那樣強烈卻難以描摹，只能象徵。

童年時讀到這首詩，初初省得了想念的信物，是紅豆。於是，便一顆顆蒐集著心型的豆子，又一顆顆封緘在信中，寄給思念的人。因為有這樣一首短詩，我們什麼話都不必再說，一顆剔透赭紅的豆子，款款深情地傾訴。

我們從詩中模擬著愛戀的喜悅與憧憬，在愛還沒生發的時候。

我們從詩中擷取著愛戀的失落與憂傷，在愛帶來創痛以後。

我們感到被安慰、被包容、被理解，當我們流著眼淚誦讀一首詩。

我愈來愈愛絕句，愛它的簡短精緻，每個字都那樣獨特，無法替換，不可或缺。就像愛情中每個場景，每次怦然心動的瞬間，都是獨一無二的。而美好的愛情就像絕句，抑揚頓挫，飽滿豐盈，帶著我們瞬間飛行，安然降落。遊走在夢與真實的邊境，使人含淚睡去，微笑甦醒。

愛情宛如絕句，讀詩的人口舌生香，悠悠懷想。

愛情沒有指導原則，只有謙卑的體會。

對於愛情這件事，我近來最常用的詞彙是「謙卑」，那正是最深切的體會。謙卑的愛著一個人，期望他也會愛我；謙卑的被人所愛，期望這愛不會帶來傷害；謙卑的眺望著愛情或許會蒞臨；謙卑的目送著愛情終將要遠行。

與麥田合作的【藏詩卷】是從這個世紀初開始的，《愛情詩流域》、《時光詞場》、《人間好時節》，每一部作品都記錄了我當時的生活與情感狀況，我與所愛的人，離合聚散。《人間好時節》出版之後，古典詩詞中的愛情體會，是我的下一個目標，這想法好幾次被擱置了，又時時在心中茁壯滋長，每年都像紅豆那樣的，春來發幾枝，終於，在第四個春天，生成了。

宛如絕句，二十個字，二十首詩，二十種體會。

但是，怎麼都寫不盡道不完愛情的滋味，描不出繪不成愛情的樣貌，愛情修辭學，這一堂，我們學得了象徵。

此物最相思，這個「物」，無以名之，曰愛情。

二〇〇九年三月十四日　台北城暮色中

目錄

因為隱密，所以炙烈

——奴為出來難，教郎恣意憐

即使已經年過半百，我的這位攝影師朋友，鏡頭下最美麗的，仍是少女的容顏。是一種對青春的眷戀嗎？就像每個感受到時光迅速流逝的人，心中都有那樣的焦慮不安，總想要抓住可以永恆的東西。而這些青春光潔的少女，明眸盼兮；巧笑倩兮，正是流動如潮的歲月中，一截浮木。

又或者，果真如流言所傳布的，他專愛年輕女孩，就像是某些人的戀童癖那樣？這樣的評語，確實讓人們對於那隱藏在相機後面的雙眼，多了些猜疑。

但，攝影師有著一場深埋在靈魂中的，愛的記憶，不為人知。

那年他頂著旅居國外的攝影大師的名銜回國，已經三十幾歲了，剛剛結束與法國女友的同居關係，想要開始新生活。頭一個闖入新生活的，就是才滿十八歲，考進大學，正把短髮留長的少女小魚兒。在小魚兒很小的時候，他就認識她了，還曾用臂膀吊著她的雙手，玩打鞦韆的遊戲；也在她唸國中時見過她的西瓜皮，他舉起相機幫他們全家拍照時，小魚兒掩著臉逃跑了，嚷著自己好醜好醜，不肯入鏡。

然而，這一次的見面，小魚兒很不同了，已經是個玲瓏有致的小女人了。她眼中的波光瀲灩，一波波向他襲來，竟讓他感到一種夏日的炙熱，那時其實是冬天，即將過年。過一年，他又將老一歲，小魚兒會更豐豔美麗。

不管是年齡或輩份，都沒有可能。他們也都明白，卻還是癡癡地相戀了。瞞著所有人，有段時間，他們甚至也瞞著自己。小魚兒在他面前總是裝小，還像八歲時候那樣黏膩著他，用小女孩的仰起的臉對他說話。他也總把：「妳這個小孩子」當成口頭禪，表明自己只是把她當成一個可愛的孩子看待。太可愛了，不能不愛。

為了工作，他常常出外景，她甚至翹課當他的助理。這件事被她的父母親發覺了，驚疑、憤怒，使得他們無法心平氣和的面對這個老朋

友。他們要求攝影師離開小魚兒的生活：「如果你還有一點良心，請體諒一下做父母的苦心。」他雖然被許多人視為浪子，這兩個朋友卻一直熱誠的待他，他知道自己深深傷害了他們。

他出發去外島，一半是為了工作，另一半是為了逃避與放逐自己。他從工作夥伴那裡知道小魚兒在找他，他忍著不與她連絡，每天把自己折騰得不成人形。兩個多禮拜之後，他在小酒吧裡遇見了小魚兒。小魚兒偷偷從家裡逃跑，搭船來到陌生的小島，在島上找了他一整天，長髮被風沙與汗水糾結著，只剩一雙燦亮的大眼睛，緊緊盯著他看。他的厚實肩膀垂下來，疲憊地，無聲地呼喚：小魚兒……

她飛奔而來，跳躍著攀抱住他，無尾熊那樣的姿態，看似一個小孩，但，只有他知道，她再不是一個小孩。

聽著這個故事，我想起了許多年以前，在那綺麗的皇宮內苑，十四歲的少女小周，避人耳目，躡手躡腳的與風流多情的姊夫李後主幽會，深深的、飄著花香的夜晚，一頭撞進姊夫懷裡，因著激情、羞怯與心驚，禁不住顫抖，卻仰起頭來嬌癡地呢喃：「奴為出來難，教郎恣意憐。」此情此景，李後主豈能把持得住？怎能不意亂情迷？

李後主與小周后的幽會，看似不倫，最終還是以喜劇收場，他們結為夫妻。而我的攝影師朋友和小魚兒呢？

那個有星星的夜晚，他並不想告訴我全部的經歷與故事，只是深深歎息：「她現在生活得很好，有個幸福的家庭。」

「有時候，你會不會覺得後悔呢？失去了深愛的人。」一顆流星劃過天際，我的問題也脫口而出。

「我想，我並沒有失去她。」攝影師臉上的線條鬆弛：「這麼真誠

的愛過，是永遠不會失去的。」

人情是人詩

菩薩蠻

南唐 李煜

花明月黯飛輕霧，今宵好向郎邊去。
剗襪步香階，手提金縷鞋。
畫堂南畔見，一晌偎人顫；
奴為出來難，教郎恣意憐。

在飄飛著輕霧的夜裡，月亮的光幽暗了，就像是必須隱藏的情愫；園中的花朵卻異樣的明亮，就像是我躍動不已的心靈。今晚，正是我向你投奔而去的時刻啊。隨意套上一雙襪子，將美麗的鞋提在手上，輕輕巧巧地踏上台階，階上的落花猶存芬芳。就在華麗的廳堂溫暖的南邊，是我們相見的地方，見到已經等待著我的你，依偎進你的懷抱，止不住的顫抖。為了這場幽會，要避開那麼多的耳目與議論，真是為難，情人啊，你可得好好的憐惜疼愛我。

李煜（西元九三七~九七八），初名從嘉，即位後，更名煜，字重光。相貌英奇，一目為重瞳，酷好書畫文詞，尤妙於音律。他是南唐中主李璟第六個兒子，天生的藝術家，並不適合當皇帝，也無心接掌大位，卻因命運捉弄，被立為太子，二十五歲那年於金陵繼帝位。當時南唐已奉北宋為正朔，必須遣使入貢，才得以苟安。因此，從當上皇帝那天，他彷彿就註定了亡國。

李後主誕生在浪漫的七夕，在宮廷裡，他攤開的是自己特製，滑如冰密如繭的「澄心堂紙」，研用的是比黃金還貴重的李廷珪墨；還有細

膩如玉、扣之如磬的龍尾硯。傳說他的宮中從不點蠟燭，夜裡懸掛起夜明珠照亮一室，也光照著他的愛情。

他的第一任皇后是才貌雙全的大周后，這位音樂家蒐尋整理了唐代已散逸的〈霓裳羽衣曲〉曲譜，並以琵琶演奏出來，她的慧質蘭心，使後主傾心不已。然而，她生病之後，妹妹小周以照顧姊姊的名義進了宮，這少女的青春真純打動了後主，他們之間隱密的愛情，也為這位帝王詩人心中注入活水甘泉。大周后過世後，三十二歲的後主娶了小周后，也是濃情密意，不離不分。

七年之後，北宋興兵攻城，後主肉袒出降，被俘到汴京，封違命侯。四十二歲的李後主被宋太宗以牽機藥毒死，小周后在同年去世，與這位多情的詩人合葬，也為李後主的一生畫下淒楚美麗的句點。

曼話情詩

〈一斛珠〉

李煜

曉妝初過，沈檀輕注些兒箇。
向人微露丁香顆。一曲清歌，暫引櫻桃破。
羅袖裛殘殷色可，杯深旋被香醪涴。
繡床斜憑嬌無那。爛嚼紅茸，笑向檀郎唾。

曼 KTV是情意流動的最佳場域，一首首情歌都是告白與傾訴。

〈菩薩蠻〉二首其二

李煜

蓬萊院閉天台女，畫堂晝寢人無語。
抛枕翠雲光，繡衣聞異香。
潛來珠鎖動，驚覺銀屏夢。
臉慢笑盈盈，相看無限情。

曼 每次含情的凝睇與笑意，都停格在戀人心上，不限次數的播放。

細微又巨大，愛的超感應

——身無彩鳳雙飛翼，心有靈犀一點通

我的朋友阿哲近來陷入了熱戀，不幸的是，這對象是他表哥的女朋友，更不幸的是，那個女孩並不知道阿哲的狂熱。

表哥和女友是在美國留學時相識相戀的，阿哲曾在網路上看過他們的甜蜜遊記，也看過女孩的照片，當時並沒什麼特別的印象，只覺得看起來清秀恬靜，卻不是吸引他的類型。

表哥回台灣，還是阿哲去接機的，看見女孩，原來比照片更清瘦，眼睛很明亮，他從沒見過把牛仔褲穿得那麼好看的女人。她似乎很愛笑，笑聲脆亮，嘴角點綴著小小的梨渦，原來不是恬靜，而是甜美。

回到台灣之後，表哥順利找到工作，工作量很重，常常加班。女孩在安親班教英文，工作挺輕鬆，喜歡逛花市、夜市、魚鳥市場，把租賃的公寓頂樓，整頓得像個香草花園。表哥喜歡在花園裡烤肉喝啤酒，女孩卻喜歡煮花草茶，吃烘焙點心。因為他們認識的朋友不多，阿哲便成了座上客。他也陪著女孩去逛花市、夜市、魚鳥市場。

表哥有一次邀阿哲去喝酒，卻不是在家裡喝，他有心事，想說給阿哲聽。表哥說他和女友漸行漸遠，說他們倆本來在美國就談過分手的事；他說個性不合的兩個人，勉強在一起並不會幸福。他請阿哲幫忙，辦幾個活動，邀請女孩參加，好讓她「分分心」。

阿哲沒辦法分析自己的心情，他喜歡和女孩在一起，如果她是表哥的女友，一切都是和諧的；如果她不再是表哥的女友，阿哲覺得自己的世界似乎有些失衡了。他對表哥的感覺很複雜，一方面諒解；一方面又嫌惡，這件事為什麼要告訴他呢？現在他成了遺棄的共犯。

在夢中，他看見女孩打開鳥籠，放出所有的鳥雀，那些色彩繽紛的鳥兒飛上天，化作顏料，天空下起七彩雨，女孩孤單的哭泣。

醒來時他仍有心痛的感覺，在心中對女孩說：「沒關係的，我會保護妳，給妳幸福！」這話雖只是在心中說的，卻那麼銳利的提醒他，已經發生的事——他不只是喜歡她，他已經愛上她了。

他陷入一種有幻覺的熱病中，既痛苦又甜蜜。表哥遲遲不下決定，他好想揍他一頓，或者痛罵他一場。「既然要分手，幹嘛拖拖拉拉的？」表哥後來告訴阿哲，女孩對他而言還是很重要，沒辦法分手。阿哲感覺自己被置於冰原上，所有的反應和言語都凍結了。

但，他還是愛著女孩，並且，像是忽然擁有了超能力一樣，可以感知女孩的需求與行蹤。有一次他在夜書店閒逛，忽然覺得周遭的氣流都改變了，一種細微但是龐大的力量席捲而至，鑽入每個毛細孔中，帶著清甜的、特殊的香氣，他原本已經怠懶的精神振奮起來，想要高歌或者奔跑。抬起頭，他看見女孩在人群中，遠遠地，安靜地閱讀。

原來如此，他怔怔地注視著，像看見了神蹟。

「我沒辦法忘記她。」阿哲對我說：「她攪動了整個宇宙啊！」我點點頭，沒有說話。女孩攪動的只是阿哲的心，然而，每個人的心，都是一個宇宙。阿哲將宇宙的中心，留給了那個女孩。

非常想念一個人，距離卻很遙遠，我便在夢裡見到他。我們坐在堤防邊，看著溪畔已經變黃的蘆草，有一搭沒一搭的聊著天，喜悅而寧靜。像是擁有超能力一樣，突破時間與空間，造一場相逢的夢，微笑甦醒。醒來之後，我明白了這兩句詩：「身無彩鳳雙飛翼，心有靈犀一點通。」

人情是人詩

無題

唐 李商隱

昨夜星辰昨夜風，畫樓西畔桂堂東。
身無彩鳳雙飛翼，心有靈犀一點通。
隔座送鈎春酒暖，分曹射覆蠟燈紅。
嗟余聽鼓應官去，走馬蘭臺類轉蓬。

昨夜是記憶中多麼獨特的時光，滿天星辰異樣閃耀，微風吹拂得柔和溫存，就在畫樓西邊，桂堂東畔，我們有了一場旖旎的幽會。而終因為現實環境的艱難，遭到阻隔，可嘆我無法生出彩鳳的羽翼，隨心所欲，飛到妳的身邊；可喜我倆卻像是神異的犀牛那樣，心意相通，可

以彼此知解。就像是大家喜歡玩的猜謎遊戲，在飲著甜酒的春夜裡，準確猜出誰的手中藏著鉤；在燭光紅融融的夜晚，分組答出覆蓋住的是什麼物品。然而，這樣的默契，還是得分離。五更鼓敲響，我得趕著上朝去，策馬疾馳到蘭台，就像是隨風翻轉的蓬草，無法自主自由啊。

李商隱（約西元八一三～八五八），字義山，晚唐的著名詩人。他自稱與皇族同宗，仕宦之途卻很不順遂。童年時父親就過世了，身為長子的李商隱，必然承受著振興家業的使命感，對自我的期許很高，現實環境的落差，使他筆下常常透露出失意的惆悵與憂傷。他的詩作內容隱晦；形式華美，令讀者著迷又困惑。尤其是一系列的〈無題〉詩，明顯是抒寫愛戀的題材，那種隱密、阻隔、癡戀、魂縈夢繫的準確描摹，一千多年以來，牽動了多少戀者的心。只要是為愛心痛過、思念過、流淚過的人，都能在他的詩中得到理解與安慰。

關於李商隱的愛戀傳說，眾說紛紜，像一部高潮迭起的愛情小說，

卻真偽難辨。年輕的李商隱寫過〈柳枝五首〉詩組，在序中說明，懷念一個叫作柳枝的富商女兒，這女孩兒自然率真而美麗，聽見李商隱的詩，立即表達了她的傾慕之意，並且主動邀約一起郊遊。可惜，李商隱的朋友故意戲弄他，將他的行李帶走，他只得追隨朋友而去，他們剛剛萌芽的情苗，就這樣斷絕了，從此再沒見過面。多年後他聽說柳枝被一個有權勢的人，納為小妾，心中難免悵然若失。

傳說李商隱曾與女道士相戀；與宮女相戀；與高官府中的侍兒相戀，都不了了之，徒留傷懷而已。而真正讓李商隱執著癡心，明知不該愛卻深情一往的，其實是他的妻子王氏。李商隱一生處於牛李黨爭的漩渦中，無法掙脫，他原本受到牛黨的知遇提拔之恩，卻因為娶了李黨的王氏為妻，被牛黨視為叛徒。他與妻子和睦恩愛，妻子過世之後，終身不娶，悼念妻子的詩真情流露，令人動容。

在我看來，「不完美愛情國度」的創建，是他最大的成就。沒人像他這麼能掌握住愛情既細膩又耽美的感受；沒人像他能將愛情中的曲折悽楚體會得如此準確，於是，我們學會了，儘管不完美，還是值得愛。

曼話情詩

〈無題〉

李商隱

重帷深下莫愁堂，臥後清宵細細長。
神女生涯原是夢，小姑居處本無郎。
風波不信菱枝弱，月露誰教桂葉香。
直道相思了無益，未妨惆悵是清狂。

裝瘋賣傻，也是一種掩護。

〈暮秋獨遊曲江〉

李商隱

荷葉生時春恨生，荷葉枯時秋恨成。
深知身在情長在，悵望江頭江水聲。

曼 只要是此身仍在，情意難絕。

不相愛，才能一直愛下去

——相見爭如不見，有情何似無情

那一年，雙雙遇見一個男人，原本只是談生意，談著談著，車子開上了陽明山，還沒有星巴克的年代，只能趕在路邊咖啡館打烊之前，買下最後一杯咖啡外帶。兩個人共披一件男人的毛呢大衣，面對還沒有一〇一大樓的台北夜景，一同喝完那杯咖啡。

夜愈來愈深，天愈來愈冷，兩個人只能緊緊貼靠著，誰也不肯提議下山去。卻也就只是這樣彼此倚靠著，沒有妄念，更沒有躁動，彷彿稍一不慎，就會破壞了這樣的和諧。如此的契合、寧靜、喜悅，欲罷不能，是雙雙夢寐以求的。

有時候會觸碰到彼此的傷心往事，當雙雙訴說著自己經歷過的事，孤獨的、傷痛的創痕，男人都只是聆聽著，他的線條剛毅的臉上，有一種深潛的沉靜，理解而慈悲。他什麼話也沒說，便溫存的救贖了那些曾經的傷口。

男人送雙雙回家之後，她一直睜著眼，在枕頭上輾轉難眠。明明是

已經疲憊得很了，思緒卻仍跳躍著，有點像十八歲那年初戀的感覺，而她已經三十五歲了。

第二天早晨，她在手機裡看見男人的簡訊：「我一夜無法入眠，只好開車回到妳家樓下，不如一起吃早餐吧？」她的心狂跳著，深深呼吸，關閉手機，一整天都沒下樓。

從那以後，他們再見面，就只是朋友了。

聽故事的朋友們紛紛怪叫起來：「發什麼神經啊？大好機會為什麼不要？」雙雙端起面前的酒，喝下一口，她說她的戀愛一直沒少過，卻常和情人搞得不歡而散，從此再不往來。她覺得自己真的喜歡這個男人，也知道男人喜歡她，但她不願意只和男人談一場戀愛，她想要永遠成為男人的紅粉知己。

他們確實成為了特別的好友，在她的生意出現問題時，男人只要聽說一定主動伸出援手；男人有時候也把戀愛的疑難雜症說給她聽，讓她

幫忙拿主意。

好幾年過去，男人罹癌住院，病房裡進進出出許多來探望的親朋好友，同事夥伴，在進手術室的前一天，好不容易，終於有了他們倆獨處的機會。男人望著坐在病床旁的雙雙，微笑地說：「這麼多年了，妳好像總是沒變。」雙雙搖頭：「你老花挺嚴重的，我臉上的皺紋都看不見啦？」「我知道我不符合妳的要求。」男人說得有些艱難，卻發自肺腑：「但，妳還是應該找個伴。」雙雙用力搖頭，搖落了潸然的眼淚：「你難道不明白，我不同你在一起，就是害怕愛情消失後，也要失去你了。」男人抽出面紙遞給她，長長地舒一口氣：「我瞭解妳的感覺，我只能成全妳，用妳期望的方式，和妳相處。」

雙雙要求的，可能比愛情更奢華。她卻那麼幸運的，能遇見一個理解她的，旗鼓相當的對手。

愛情，很難保持現狀，是不斷生成，易於腐朽的東西。有些人無所畏懼，投入一次又一次的愛情輪迴中，萌發、茂盛、豐腴、凋萎；卻也有人只想將初初萌發的愛情恆久保存起來，不再生長，也不產生變化。

「相見爭如不見，有情何似無情」，頻密的相見，只引來更深切的思念，有時想想，多情實在不如無情好，無情便不會惹來相思與煩惱。惜情有各種不同的方式，節制，也是一種選擇。

很幸運的，在我的人生道途中，也有這樣特別的朋友，這種默契甚至是不落言詮的，一切瞭然於心。愛情，有各種不同的情況與狀態，有的人需要真實的佔有；有些人只要隔著一段適當的距離陪伴。

不相愛，有時候竟是可以一直愛下去的原因；不在一起，反而有了長長久久作伴的理由。

人情是人詩

西江月

宋 司馬光

寶髻鬆鬆挽就，鉛華淡淡妝成。
青煙翠霧罩輕盈，飛絮游絲無定。
相見爭如不見，有情何似無情。
笙歌散後酒初醒，深院月斜人靜。

那女子將髮絲鬆鬆挽成一個髻，脂粉也只是淡淡地妝扮著，卻自有一種慵懶嫵媚的情味。隨著音樂起舞的她，一襲青翠衣裳，如煙似霧，籠罩著輕盈的體態。她的舞姿和情思，也像是風中飛揚的柳絮那樣，引人遐思，卻又飄忽不定。這樣的一場相見，還不如不相見，只惹來無限相思；這樣似有若無的情意，帶來許多煩惱，還不如無情的好。笙歌停止了，歡聚已散場，沉醉酒鄉的我剛剛醒來，聽不見一點人聲笑語，只看見深深庭院中，月兒斜斜地照著。

司馬光（西元一〇一九～一〇八六），字君實，號迂叟。北宋政治家、文學家與史學家，歷仕仁宗、英宗、神宗、哲宗四朝。歷時近二十年，他主持編纂了史書經典《資治通鑑》。當時人對他的評價皆為溫良謙恭、剛正不阿，是典型的儒家模範生。儒家模範生可不是不知變通的，從司馬光童年時打破水缸營救同伴，便可看出他的聰敏機變，臨危不亂。

司馬光出身仕宦之家，他堅持作官就要作好官；做事便要做大事，一生清廉為國，樹立了「清如水，直如矢」的典範。神宗時為反對王安石新法，自請外任，在洛陽辛勤著作，耗費極大心力編寫完成了中國第一部編年體通史《資治通鑑》。

當他投入著作時，廢寢忘食，夫人為了讓他舒散一下身心，元宵節特別邀他一起賞燈。司馬光不願出門，反問夫人：「出門做什麼？」夫人回答：「看燈啊。」司馬光抬頭說道：「家裡不是有燈嗎？」夫人仍不死心：「看燈，還能看人。」司馬光指指自己：「我不是人嗎？」說完，片刻不耽誤，又專心回到龐大的歷史空間中了。

夫人因為沒生兒子，特別為司馬光娶了一個小妾，無心納妾的司馬光從不理睬家中多出來的年輕美女。夫人只好將小妾盛妝打扮，趁夜送進書房中，無奈小妾想盡辦法引起他的注意，卻都是白費力氣。因此，一直有人認為司馬光是個不解風情的傢伙，與他的號「迂叟」名實相符。其實，司馬光固然是個工作狂，卻與妻子感情深篤，他不找任何藉口蓄妾，或許也是對於妻子的忠誠專一。

從這闋詞〈西江月〉裡，看得出他絕不是個不解風情的迂腐老頭，對於情愛的飄忽曖昧，捉摸不定，為人們帶來的苦惱和各種滋味，都有

深刻的體會。我們因此想像，司馬光埋首書堆的某個夜晚，他曾抬起頭，看見院落裡斜月的映照，而想起了那雙慵懶嫵媚的眼睛，於是，恍惚的怔忡了。

〈謁金門〉

宋　王安石

春又老。南陌酒香梅小。
遍地落花渾不掃。夢回情意悄。
紅牋寄與添煩惱。細寫相思多少。
醉後幾行書字小。淚痕都搵了。

曼：不掃地，不洗衣，為的都是相思意。找到偷懶的好理由了。

〈少年心〉

宋　黃庭堅

對景惹起愁悶。
染相思、病成方寸。
是阿誰先有意，阿誰薄倖。
斗頓恁、少喜多嗔。
合下休傳音問。
你有我、我無你分。
似合歡桃核，真堪人恨。
心兒裡、有兩箇人人。

曼 核桃仁招誰惹誰了？移情作用無限擴大的症候群。

距離是美感，也是智慧

——兩情若是久長時，又豈在朝朝暮暮

我一向喜歡吸血鬼或狼人的故事，尤其是發生在這些「異類」身上的愛情故事，也許因為充滿危險，感覺特別浪漫。愛情、瀕死、激情、永恆，是這些愛情故事中的元素。於是，聽說這部青春氣息濃厚的吸血鬼羅曼史電影【暮光之城】相當賣座，就一直打算去觀賞。吸血鬼，給人的感覺向來陰森、古老、腐壞，他們該怎麼在青春校園中生存呢？

俊秀神祕的男主角愛德華，吸引了轉學生貝拉的注意，他有時看起來那麼憎惡貝拉；有時又那麼想要親近瞭解她，貝拉注意到他的眼珠竟然會變顏色（當然不是隱形眼鏡的緣故啦）。有一回，校園停車場裡，一台車在雪地中打滑失速，向貝拉衝撞而至，佇立在遠方的愛德華，瞬間來到貝拉身邊，一手環護著她，另一隻手推開了撞擊過來的車身，使貝拉毫髮無傷，而他自己在所有人回神之際消失蹤影。貝拉終於發現了愛德華與他的家人，全是吸血鬼，他們不嗜殺，只吸食動物的血，是所謂「吃素」的吸血家族。

貝拉身上奇異的香氣，對愛德華形成極大的魅惑，既想愛她，又想吸她的血，兩種欲望熱烈糾纏，他們的心靈也就在危險與摯愛中燃燒著。

「女人都會愛上吸血鬼的吧。」我對一同看電影的朋友說。吸血鬼的洞悉力；富於刺激的生活情調；無微不至的照顧和保護，不都是女人對於理想情人的憧憬？我的女性朋友遲疑了一下：「我覺得他任何時候都可能出現在面前，是一件很可怕的事，一點也不浪漫。」說得也是，愛德華的魔法使他可以隨心所欲的出現在貝拉面前，不管任何時間或地點，常把貝拉嚇一跳，到底是驚喜；還是驚嚇呢？

遭到危險時，情人從天而降，伸出援手，那是驚喜與感動；日常生活中，情人總是出其不意的現身，會不會令人驚嚇與疲憊呢？

我認識一個男人阿亮，很想巧扮吸血鬼，時時在女友面前出現，讓她在他的愛情中度過每一分鐘。每天按三餐打電話給女朋友；把假期都

空下來專心陪女朋友；不管女朋友要購物、返家探親或參加同學會都隨侍在側；無論當天是否見過面，夜裡還要煲電話粥一、兩個小時。阿亮的愛情態度，就是讓女朋友生活裡都少不了他，空氣中都充滿他，「合而為一」，是阿亮愛情追求的最高境界。

女朋友卻說，阿亮的緊迫盯人讓她喘不過氣來，她覺得這樣的愛實在太疲憊了。她說她需要自己的時間，可以和朋友相處，或者是自己獨處，安安靜靜的發呆也好。

「難道她希望我對她不聞不問？或是習慣性劈腿？」阿亮和我說這些事，有點火氣。

「不聞不問和劈腿都很極端，難道沒有中間嗎？」我也動了點情緒，因為，我真的可以體會他女友的感受。

年輕時交往過的一個男人，也是以緊迫盯人為愛的表現，追問我每一個行蹤，認為我必須鉅細靡遺向他報告，一條看不見的繩子纏住我無

法透氣。

我的朋友還說：「他真的是太愛妳了。」

「這樣叫做愛？那我寧願孤獨。」這是我當時直覺的回答。

「兩情若是久長時，又豈在朝朝暮暮」，真的愛一個人，心靈力量必然強大，毋須時時刻刻緊密糾纏，不見面的時候，仍在思念中，更完整的品味著愛人的氣息、聲音與形貌。就像聆聽動人樂章之後，我們必得在寂靜中回味，繞梁三日的餘音裊裊。

保持相愛的距離，才有美感，展現出戀者的智慧。

人情是人詩

鵲橋仙

宋 秦觀

纖雲弄巧，飛星傳恨，銀漢迢迢暗度。
金風玉露一相逢，便勝卻人間無數。
柔情似水，佳期如夢，忍顧鵲橋歸路。
兩情若是久長時，又豈在朝朝暮暮。

天空的雲朵變化萬端，就像織女織出的花樣一般纖巧；墜落的流星猶在飛行，彷彿為隔絕的情人傳遞著相思與傷感，就在這樣的時刻，越過長長流動的銀河，牛郎與織女悄然相逢了。秋天的風把植物吹成金黃色，寒涼的空氣將露水凝成玉珠，雖然只是這麼短暫的遇合，卻勝過了

人世間的朝夕相守。溫柔的情意像水一樣的悠長晶瑩；相聚的纏綿又像夢一樣的短暫美好，明知離別就在眼前，卻不忍回顧那條由喜鵲搭起的橋，不願踏上歸路。兩人之間的情感只要夠堅定、夠深刻，又何必時時刻刻廝守在一起呢。

秦觀（西元一〇四九～一一〇〇），字少遊、太虛，號淮海居士，是蘇東坡最喜愛的學生。仕宦之途頗為坎坷，常常遭受貶謫，所幸他隨遇而安，淡泊榮辱，倒也能瀟灑自足。關於他的風流韻事，有不少傳聞，最不可信的就是蘇東坡嫁妹。因為東坡並沒有妹妹，「蘇小妹三難新郎」，只是小說家的附會趣味。雖然不是蘇小妹的夫婿，秦觀卻是個風流種子，在他留下的四百多首詩詞中，四分之一的主題是愛情，歌詠的對象大多是青樓女子。

才華洋溢的秦觀，有時會以巧思取悅情人，像是他用「小樓連苑橫空」與「玉佩丁東別後」暗將營妓樓東玉的芳名嵌在其中；又以「天外

一鉤殘月，帶三星」為情人陶心兒的「心」字打啞謎，這樣的玲瓏心思，比什麼樣的珍寶禮物都獨特貴重吧。

最淒美的一樁情事，則是在中年之後，秦觀路過長沙，邂逅了一位將他視為偶像的娼妓。這女人對他的才情佩服得五體投地，一直把他的作品放置在案頭，每首詩詞都能朗朗上口，萬萬沒想到，有一天竟等到了偶像本尊。他們之間的相遇，是怎樣的纏綿繾綣，可想而知。幾天之後，身不由己的秦觀必須離去，妓女癡心的許下誓言，她說此後將閉門謝客，孤獨的為秦觀守候著，只求秦觀能再來探望她。幾年之後，秦觀客死在仕途中，再等不到情人的妓女，穿著孝服走了幾百里，前去奔喪，她繞棺而哭，哀痛命絕。

於是，當我讀到「兩情若是久長時，又豈在朝朝暮暮」，便不禁要想，這闋詞到底是為了牛郎織女而作；或是與妓女分別時，他能給予這癡情女子唯一的回報呢？

曼話情詩

〈一叢花〉

秦觀

年時今夜見師師。雙頰酒紅滋。疏簾半捲微燈外，露華上、煙裊涼颸。簪髻亂拋，偎人不起，彈淚唱新詞。佳期。誰料久參差，愁緒暗縈絲。想應妙舞清歌罷，又還對、秋色嗟咨。惟有畫樓，當時明月，兩處照相思。

曼 明月是見證，照著有心人，也照著無情人。

〈江城子〉

秦觀

西城楊柳弄春柔。
動離憂，淚難收。
猶記多情，曾為繫歸舟。
碧野朱橋當日事，人不見，水空流。
韶華不為少年留。
恨悠悠，幾時休。
飛絮落花時候、一登樓。
便做春江都是淚，流不盡，許多愁。

曼 無窮無盡的江水，孔子都說了，不舍晝夜。

無愛的心靈多荒涼

——從此無心愛良夜，任它明月下西樓

愛情，是每個人內心的渴望吧，不管是什麼樣的年紀。當一個人的內心仍為了愛戀的感覺而澎湃；而苦惱；而焦煩；而寂寞，都是一種來自上天的祝福。在北京大學演講的時候，有聽眾問我對於楊振寧與年輕妻子的感情，有什麼看法？我發自內心的說，不管年齡有多大，還有愛的渴盼，還能有愛的追求與實踐，都是一件了不起的事。

然而，我確實發現，男人追求愛情比女人更容易些。女人的年紀愈大，經歷愈豐富，似乎愈容易把愛情「看破」了。

我去北京作新書發行的宣傳，想不到媒體幾乎都把焦點放在我的「單身」上，我確實是個資深的單身女人了，而我的單身理直氣壯，並且神清氣爽，這顯然與他們所想像的不太相同。長久單身的女人，彷彿錯過了青春；錯過了婚姻；錯過了幸福，多少應該有些失意或是自怨自艾，才符合大家的想像。

有個男記者，與我聊了半天，有點囁嚅地說：「是這樣啊，在咱們北京，就有那麼一群文化水準高，收入高，年齡也比較高的『三高』單身女性，常常聚在一起，她們自稱為『北大荒』……」

「北大荒」？我驚奇又興奮的大笑起來，真是太有創意的說法了啊。帶著自嘲與諧趣，北，當然是北京；大，年齡大的「大」女人；荒，是一種沒有男人與愛情的荒涼狀態吧。如果我住在北京，一定要設法認識這群「北大荒」。雖然我並不覺得年紀大又單身的女性，沒有愛情，就一定是「荒」的。

當我回到台北，和我的「北大荒」朋友分享了這次的見聞。

「有人說啊，工作比較投入，發展較好的女人，都受了愛情的詛咒。」一位年近四十歲，最近剛剛升職的女性朋友自暴自棄地說。

「也許，對於愛情的態度，決定了我們的單身生活吧？」另一個朋友提出不同看法：「妳們難道沒有發現，到了這個年紀，對愛情的看法和需求，與年輕時候，真的很不一樣了嗎？」

近來有個年齡比她大幾歲的男人，對她表達好感與追求，只是，這男人思考太多，行動太少，「光是想著要去哪裡跨年，就足足想了一個多月，最後，哪裡都去不了。」年輕時的衝動，已在歲月中磨成了深思熟慮，而愛情這件事，偏偏得多一點衝動與熱情。

另一個朋友卻說：「行動太多也是很麻煩的啊。」她的公司裡來了一個年輕的男同事，比她小十歲，開始的時候只是在工作上互通有無，每當她加班，男人就會陪著她一起工作，還去買宵夜給她吃。在她過生日時，男人直接告白，接著，便熱烈的陷入不可自拔的情火中。「問題是，我的感覺還沒到啊，愛情不是他一個人的事吧？」年輕男人每天都送花給她，當著同事的面，做出很多不可思議的事，但是，她只覺得工作受到干擾，心裡壓力好大，真的一點都不覺得浪漫。

於是，我這兩個有機會戀愛的朋友，都只想回到單身自在的生活。帶著戒慎恐懼的心情，如履薄冰的行走在愛情道途中，自然是很容易退

卻或放棄的。

曾經全心全意投入，又令人受傷痛苦的愛情啊，當女人在現實世界中拚搏許久，吃盡苦頭，終於得以安身立命之後，愛情，似乎已不再重要了。「從此無心愛良夜，任它明月下西樓」，真的是對於愛情不再有憧憬與想像了嗎？還是因為更清楚的明白，自己想要的是什麼樣的感情方式？

沒有一顆心靈應該荒涼無愛。

我相信這些女人，只是需要更細膩的體貼，多點耐心，多點灌溉，瞭解她們需要的是怎樣的對待。那看似荒涼的心靈土壤，依然孕育著種子，能開放出無比芳香鮮豔的奇花。

人情是人詩

寫情

水紋珍簟思悠悠，千里佳期一夕休。
從此無心愛良夜，任他明月下西樓。

唐 李益

斜倚在花紋如水痕，華貴如珍寶的竹蓆上，止不住的思緒悠長。這一次突破萬難，在遙遠的地方相見，是期望已久的約會，沒想到竟在一夜之間起了變化，就像是世間情感的不可依恃，說取消就取消，說不愛就不愛了。在這一整晚的孤單與絕望之後，就算再有美麗夜晚的誘惑出現，我也不會動心，就讓皎潔明月如我澄澈的心，深深地，往西樓的方向沉沒吧。

李益（西元七四八～八二九），隴西人，進士及第，因仕途失意，客游於燕趙之間。

他年輕時的一段情事，被小說家記錄下來，成為唐傳奇中膾炙人口的愛情故事《霍小玉傳》。霍小玉是王爺府中庶出的女兒，曾經倍受寵愛，卻在王爺過世後，與母親一起離開了王府，潛居在市井之中，只想找一個心靈相通的靈魂伴侶，談一場令生命燃燒的戀愛。隴西李益以他的詩，打動了情竇初開的少女小玉，成了她想要仰望終身的那個「良人」。

這場身分懸殊，沒有婚姻作為保障的情感關係，當然是不穩固的，小玉心裡很明白，她曾在兩情綢繆的繾綣之夜，對李益提出了極卑微的請求：「你是個讀書人，而我只是出身低下的女子，自知不可能成為良配。我只求你給我八年的歡愛時光。八年之後，你才三十歲，還可以追

求大好前程；而我也準備好遁入空門，以半生的寂寥，來換取這八年的真愛歲月。」這樣真摯又哀傷，愛的請願書，便是鐵石心腸也要動容的啊。李益不斷向小玉保證，絕不會辜負她的深情。

然而，八年還不到，李益返家探望母親，母親已經為他訂下了門第之女盧家表妹，而且要籌措一大筆聘金，因為母命難違，李益再也不回小玉身邊，四處遊走，為聘金奔波。癡情的小玉苦苦尋問，求神卜卦，蕩盡資產，總沒有李益的蹤跡，卻輾轉聽說他已經另有婚配了。小玉滿懷憂憤，臥病在床，奄奄一息。李益後來重回長安，被一位黃衫俠客挾持到小玉面前，小玉看見負心的情人，掩面痛哭道：「我為女子，薄命如斯；君是丈夫，負心若此。」這也成為她的絕命辭。

小玉死後，李益性情大變，對妻妾猜忌刻薄，有人說是因為小玉對他的詛咒，或是因果報應。在我看來，一生再無單純愛悅，應該是李益對這段負情之愛的永恆懺悔與自責吧。

姑且不論這個故事是否屬實，還是文人的穿鑿附會，李益確實是個善於寫情的詩人。這首〈問情〉詩，正是霍小玉這樣的，成千上萬的癡情男女，共同的寫照。

曼話情詩

〈江南曲〉

李益

嫁得瞿塘賈，朝朝誤妾期。
早知潮有信，嫁與弄潮兒。

曼 弄潮兒確實有優勢啊，起碼是喜愛戶外運動的健康寶寶。

〈鷓鴣詞〉

李益

湘江斑竹枝，錦翅鷓鴣飛。
處處湘雲合，郎從何處歸。

曼 重要的是，郎到底想不想歸啊？

此時此地，正好遇見你

——今日何日兮，得與王子同舟？

電影【梅蘭芳】終於要上映了，我一直對性別倒換的角色與人物很好奇，做為一個乾旦，而能風情萬種，顛倒眾生，比女人更千嬌百媚，這是我可以想像的。我不能想像的是，這樣的一個乾旦，卻與一個演老生的女孩相戀了，他們相差了十幾歲。這樣的戀愛，到底是女人愛上男人？男人愛上男人？或女人愛上女人呢？

那樣的美目盼兮，眼波流動的情意，足以將人溺死，死而無怨。那樣的巧笑倩兮，魂縈夢繫的甜蜜，讓人願意浪擲一切，荒廢人生。而這樣的傾國傾城，卻不是一個女人，而是比女人更女人的梅蘭芳，怪不得他被稱為「伶王」，又是「四大名旦」之首。

有趣的是這樣的一個人，竟娶了三個妻子，其中一個還是著名的鬚生，人稱「冬皇」的孟小冬。孟小冬原是個相當清麗的女孩，十八歲便在戲台上以毫無女腔的陽剛儒雅，征服了千千萬萬的戲迷，舉手投足比男人更男人。

雖然比梅蘭芳小十幾歲，又是個後起之秀，但是，她初次與豔冠群芳的梅郎配戲，演出「游龍戲鳳」，竟然一點也不怯場。戲台上的戲固然好看，戲台下的角力更為精彩，梅蘭芳身邊的眾親好友，所謂的「梅黨」，正醞釀著一場「龍鳳配」。或許是為了向梅郎的二房福芝芳示威；或許是他們也迷上了這假鳳虛凰的戲假情真。

電影裡刻意淡化了梅、孟二人的情感關係，讓他們連相約看一場電影的自由也沒有，為了成全梅蘭芳的藝術生命，孟小冬主動退出，留下無限依依。事實的真相是，在梅黨的撮合之下，他們二人結為夫妻，小冬甚至淡出菊壇，退出了大好前程的舞台生涯，恰如其分的扮演小女人的角色。可惜，梅蘭芳始終沒有給她應得的名份，她在幾度失望傷心之下，登報與梅郎結束夫妻關係。失去舞台，「冬皇」就只是個想望名份的女子。

電影中有一幕，黎明飾演的梅蘭芳，將一張印有他和孟小冬兩人演出的節目單摺成紙飛機，向章子怡射去，那樣的快活，那樣的孩子氣。「只有我和你，就這樣飛到天涯盡頭去」，彷彿有著這樣的期許，只是，紙飛機終究是不能久飛的，終究要墜落。

還有一幕是兩人粉墨登場，演出「遊龍戲鳳」，梅蘭芳演的是婀娜多姿的李鳳姐，孟小冬演的卻是瀟灑穩重的正德皇帝，謝幕時小冬退下髯口，以女子的清麗直視梅蘭芳，在那一刻彷彿是剖心表情了。我卻覺得全然多餘，他們在台上早已失去性別，只是兩個高度的藝術靈魂的交流，無比的悸動與狂喜，就像黑夜裡偶爾相撞的流星，無比璀璨，動人心魄。

如果他們真的相愛，既是裹上繁複彩妝的皮相之愛，也是褪盡一切華麗的本質之愛。在舞台上的每個眼神的傳送與承接；每次的吐納和呼吸；每一句唱腔的昂揚與收抑，都蘊藏著無限情意。全是做作；全都發自肺腑。

我彷彿聽見那首古老的戀歌〈越人歌〉：「今日何日兮，得與王子同舟？」既嚴苛又虛華的舞台，就像一隻小舟，在這條舟上，只有彼此可以倚靠。而觀眾啊、掌聲啊、浮名啊，都像是水。水能載舟，亦可覆舟。如同盤古開天闢地之初，相遇的兩個人，如此狂喜。沒有歷史，也沒有未來，唯有此時此刻。

人情是人詩

越人歌

古越國 無名氏

今夕何夕兮，搴舟中流？
今日何日兮，得與王子同舟？
蒙羞被好兮，不訾詬恥。
心幾頑而不絕兮，得知王子。
山有木兮木有枝，心說君兮君不知！

今夜到底是一個怎樣神奇的夜晚啊？我竟然能夠在流水中駕著一條小船。今天又到底是怎樣美妙的一天啊？我竟然能夠與我所傾慕的尊貴的王子，同在一條小船上。雖然我的身分是卑微的舟子，王子卻不因此而鄙棄我，更不責怪我直率熱烈的表達我的深情。我知道應該要冷靜下來，而我的心靈震動卻無法止息，因為我看見了這個高貴而美好的王子，這悸動混合著狂喜與憂傷。山上有著許多的樹木，樹木生出許多枝幹來。我心中充滿深切的愛悅之情，王子卻恐怕絲毫也沒有察覺啊。

詩中運用了「雙關語」，「木有枝（知）」與「君不知」作為映襯，「心說君」則是「心悅君」的意思。這首詩除了古老之外，還是中國最早出現的譯詩。現代詩人席慕蓉讀完〈越人歌〉，寫下了〈在黑暗的河流上〉，對於古詩中的寂寞，有很深的領會。

〈越人歌〉有著動人的情意，而它背後的故事，同樣引人遐思。故事的開端，是楚國的襄成君剛剛接受封爵的那一天，在眾人的簇擁下來

到一個渡口，他滿面春風，穿著華麗的衣裳，配著長劍，連鞋履都是新製的，儀表非凡。剛巧楚國大夫莊莘經過，被他的丰采所吸引，便走上前去，提出了「把君之手」的請求。看見那麼喜愛的人，當然會希望握著他的手。然而，在階級森嚴的那個時代，襄成君覺得自己被冒犯了，他的臉色暗沉，斷然拒絕了莊莘的要求。

莊莘洗了手，向襄成君講了一個故事，一段王子與舟子的情事。約莫在西元前五百年，楚國的鄂君子有一次乘船在水中行駛，遇見了一位歌唱得極好的舟子，一邊唱著歌，一邊搖槳在他左右。鄂君子被那樣真摯動人的歌聲迷魅，便請舟子到他的船上來為他唱一首歌。舟子在鄂君子船上大膽唱出這首詩，表達他的熱烈與深情。楚、越雖然是鄰國，語言卻不相通，鄂君子請來的翻譯，譯出了這首〈越人歌〉。聽懂了詩中的情意，鄂君子站起身來，在那洶洶流動的江河上；在那颯颯寒涼的冷風中，他取了自己的錦衾，裹住舟子，專注而長久地，擁抱。

身分啊、階級啊、性別啊，什麼都不重要，王子擁抱舟子，接受了他的愛慕與情感。

故事講完了，襄成君微笑了，他明白，在愛的河流上，無論是王子或舟子，都只能隨愛逐流，於是，他向莊莘伸出他的手。

曼話情詩

〈九張機〉

宋 無名氏

一張機，采桑陌上試春衣。
風晴日暖慵無力，
桃花枝上，啼鶯言語，不肯放人歸。

兩張機，行人立馬意遲遲。
深心未忍輕分付，
回頭一笑，花間歸去，只恐被花知。
三張機，吳蠶已老燕雛飛。
東風宴罷長洲苑，
輕綃催趁，館娃宮女，要換舞時衣。
四張機，咿啞聲裏暗顰眉。
回梭織朵垂蓮子，
盤花易綰，愁心難整，脈脈亂如絲。
五張機，橫紋織就沈郎詩。
中心一句無人會，

不言愁恨，不言憔悴，只恁寄相思。
六張機，行行都是耍花兒。
花間更有雙蝴蝶，
停梭一晌，閉窗影裏，獨自看多時。
七張機，鴛鴦織就又遲疑。
只恐被人輕裁剪，
分飛兩處，一場離恨，何計再相隨？
八張機，回文知是阿誰詩？
織成一片淒涼意，
行行讀遍，厭厭無語，不忍更尋思。
九張機，雙花雙葉又雙枝。

薄情自古多離別，
從頭到底，將心縈繫，穿過一條絲。

曼 古代佳人織布也能成心事，華麗且纏綿。

一無所有，依然相信愛

——相思已是不曾閒，又那得、工夫咒你

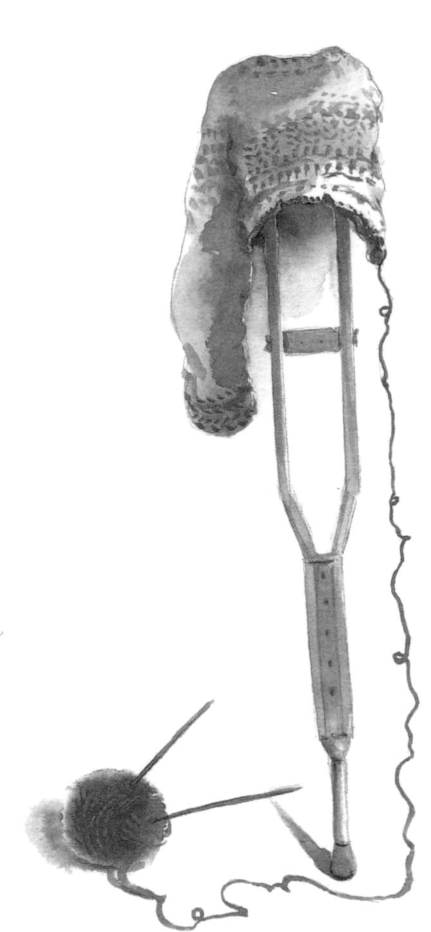

女人年輕的時候，每個圈圈裡，總有異性緣特佳的女生，煞到好多男生。那個女生通常也不會引起其他女生的反感，因為她們具有單純、軟弱、善良、溫暖的個性特質，女生們也覺得應該要照顧保護她。所謂的「我見猶憐」，應該就是這種女生吧。

雖然，她們的異性緣那麼興旺，在愛情裡卻也吃了不少苦；受了不少罪。主要的原因是，因為單純和善良，使她們總愛上不該愛的人；因為軟弱與溫暖，使她們當斷不斷，反受其亂。

有這麼一個朋友，少女時代就認識的，我們感情很好，如果發生過什麼不愉快，都是為了她的那些「爛男人」。她是這麼稱呼那些男生的，而那些男生在感情中的表現，也都不辜負這個稱號。她每次愛上一個男生，就為對方傾盡所有。她可以翹課去探望當兵的男友，獨自搭五、六個小時的車，到島嶼的另一邊，徘徊在軍營門口，男友卻因為她沒事先約好，不與她見面。她只好留下親手編織的毛衣，在寒流來臨的

夜晚，獨自搭夜車回台北。

「妳就不能換一個男人嗎？」她的學姊聽說了她的為情受凍，又看見她為愛傷風，生氣的問她。

事實上，當時追求她的男生有好幾個，有些家境相當不錯，相貌與人品也比她的男友好，只是，她不愛條件好的男生，只愛她愛的男生。

「我想，我男朋友愛我不如我愛他那麼深。」她也曾冷靜的分析自己的情感關係：「可是，妳不覺得，愛人的時候，比被愛的時候，快樂很多嗎？」

「妳搭那麼久的車去找他，他不見妳。妳很快樂嗎？天氣那麼冷，妳沒見到他，一個人搭車回台北。妳很快樂嗎？上一次他說要跟妳分手，害妳哭得眼睛都腫起來。妳很快樂嗎？」學姊咄咄逼人的質問。

她默然不語。

我和其他的朋友，也常常苦口婆心的對她喊話，希望能像暮鼓晨鐘

一樣把她喚醒；也不知發過多少次「再也不管妳了」的誓言，卻仍在忍不住的時候，重蹈覆轍。後來，我們突然醒悟了：「我們只看見她不快樂的時候，卻不知道那許多快樂的時刻。」在愛情裡，一定是因為有著許多快樂，才能忍受許多的不快樂啊。我那親愛的朋友，並不懼怕愛情中的不快樂。

還沒畢業，她就跟著一個她愛的男人去了國外，有傳聞他們結了婚；有傳聞那男人扔下她，另結新歡了。

我們以為，她會回台灣來收拾破碎的心，而她並沒有回來，只是漸漸與朋友們斷了連絡。

當她再回台灣，我們再次見面，已經是二十五年之後的事了。她跟著第四任丈夫回來的，只是那男人後來竟留下一屁股債，消失得無影無蹤了。

我的依然單純善良的朋友，身體狀況極差，在國外因為車禍受過

傷，某一任老公拿走了她的保險金，她的腿留下終身殘疾，再也不是我們當年熟悉的那個美麗迷人的少女。如今，她的異性緣還是好的，只是男人依舊遇不見好的。

那一天，大家重聚在一起，有人單身，有人離婚，最受疼惜的還是她。

有個朋友對她說：「妳看，一個人也可以過得好好的，妳辛苦了半輩子，以後不會想再結婚了吧？」

「一個人有一個人的好，兩個人有兩個人的好。」她微笑地說：「不管怎麼樣，還是要戀愛，還是要結婚的啊。」

「而且，我現在既不年輕，也不美麗，又沒有錢。我是個一無所有的人，如果還有人願意愛我，應該就是真心的愛吧。」她像是跟我們說話，又像是跟自己說話。

原本以為可以給她金玉良言的我們，都啞然失語了。「相思已是不

曾閒，又那得、工夫咒你」，不怨不悔，無憂無懼，為了愛人與被愛，遍體鱗傷卻無止無盡，百折而不迴，在這樣強大的愛情面前，我們還能說什麼呢？

人情是人詩

鵲橋仙

宋 蜀中妓

說盟說誓，說情說意，動便春愁滿紙。
多應念得脫空經，是那個、先生教底。
不茶不飯，不言不語，一味供他憔悴。
相思已是不曾閒，又那得、工夫咒你。

情人說起山盟海誓，說起濃情密意，總是那麼真摯熱烈，用滿滿一張紙，也寫不盡的愁緒。但是，聽起來卻像是在唸一部虛空的經文似的，一點也不踏實，不知道是哪位老師教導的呢。而我確實為了你，茶不思飯不想，一句話也說不出來，只是靜靜地憔悴了。按理來說，我應該對你有很多埋怨才是，然而，每一天我都為著對你的思念忙碌著，哪裡還有時間怨你怪你啊。

宋人周密（西元一二三二～一二九八）的作品《齊東野語》中記載了這樣一則故事：陸游（西元一一二五～一二一〇）的門客，到四川的時候，結識了一位文采很好的妓女，兩人情投意合，便將蜀妓帶回來，另外找了住所安置她。每隔幾天，門客便會到蜀妓那兒去探望。有一回，因為門客生病了，許多天沒去，引起了蜀妓的疑心，認為他變了心。門客填了一闋詞表明心跡，蜀妓也就用同樣的韻腳，回覆了〈鵲橋仙〉這闋詞。

上片嘲諷門客的甜言蜜語，聽來宛如唸經，皆是有口無心；下片說明自己為情所苦，卻仍無悔無怨，深情如初。蜀妓明明是在埋怨門客，卻問他這些華而不實的情話，是哪個老師教的？嬌嗔的模樣，躍然紙上。顯然，蜀妓對於門客的說詞，並不滿意，而她的譏諷卻是甜蜜的，令人又愛又惱，無可奈何。至於她自己，不管門客如何對待她，她的癡心依舊，甘願憔悴受苦，想念情人都來不及了，哪裡還有心思咒他怨他呢？

據說蜀地的女子多半知書能文，與讀書人的戀愛，自然棋逢對手，也留下許多動人的故事，像是卓文君的白頭吟怨，王昭君的琵琶抒恨與薛濤的花箋詠別，著名的花蕊夫人，美麗聰穎，才華洋溢，更是蜀地才女的翹楚。

陸游的門客到底填了一闋怎樣的詞，為自己辯護？好像不太重要，重要的是，從蜀妓這闋淺白俏皮而深情的詞作中，我們看見女人不只是

愛情動物，也是詩的動物。

曼話情詩

〈白頭吟〉

漢 卓文君

皚如山上雪，皎若雲間月。
聞君有兩意，故來相決絕。
今日斗酒會，明旦溝水頭。
躞蹀御溝上，溝水東西流。
淒淒復淒淒，嫁娶不須啼。
願得一心人，白頭不相離。

竹竿何嫋嫋，魚尾何簁簁。
男兒重意氣，何用錢刀為。

曼 好瀟灑的揮別了不值得愛的男人，這樣的女人才令男人永久眷戀。

〈牡丹〉

唐 薛濤

去春零落暮春時，淚溼紅箋怨別離。
常恐便同巫峽散，因何重有武陵期。
傳情每向馨香得，不語還應彼此知。
只欲欄邊安枕席，夜深閑共說相思。

曼 真正的有情人不必言語，一霎凝眸也銷魂。

難以抗拒的誘惑

——分明一見怕銷魂，卻愁不到銷魂處

阿凡第一次看見倩倩的時候，就愛上她了。他在好多年後，跟我談起這個瞬間，眼瞳中的悸動猶未消減。倩倩是學妹，參加阿凡社團的活動，她戴了一頂可愛的舊帽子，遮住半張臉，跟女同學講話，不經意的一笑，阿凡看見了她潔白整齊的牙閃著光。

阿凡一直對倩倩付出，是那種不求回報的給予，「她不愛我也沒關係，只要她快樂就好了。」他對我敘述這種單戀的心情時，是這麼說的。然而，倩倩和男友分手後，接受了阿凡的深情，他們在一起將近一個學期。到了暑假，倩倩有了出國工讀的機會，雖然阿凡幾乎天天寄信給她，她回台灣的時候，還是有了新的戀情，對方是個ABC小開，據說在美國的時候，架著小飛機，載著倩倩在舊金山灣區翱翔。這個豪奢又浪漫的舉動，完全擄獲了她的心。

大家都感覺到回來之後的倩倩不同了，阿凡不可能沒知覺，他只是硬撐著，裝作什麼事都沒發生，直到三個月後，那個小開追到台灣來

了，阿凡黯然引退。每個人都罵他，說他只想當濫好人，說他一點男子氣概都沒有。他逃避著同學，逃避著朋友，好久都沒來學校。

我再見到他時，他憔悴得像個中年流浪漢。「去爭取她啊！」我激勵他。

「老師。我們愛一個人，不就是要讓她快樂嗎？」他淬著哀傷的眼睛費力的抬起來，好不容易才能聚焦，注視著我。

我無話可說。

倩倩畢業後就嫁到美國去了，阿凡當完兵，努力工作，認識了一個同事，也就結了婚。當我看見他的新婚妻子，驚訝得久久說不出話來，因為，這妻子與倩倩竟如此神似。

就好像是那些坎坷都沒有發生過，倩倩換了個名字，換了個模樣，卻仍帶著那麼相似的味道，回到阿凡身邊來，嫁他為妻。

十幾年後，倩倩離了婚，回到台灣，在社團聚會上，他們見了面。

阿凡原本以為他們永遠不會再見面的，也再沒有見面的必要，可是，這一見，他才發現，宛如二十年前初見的感覺，卻又對失婚的她多了份疼惜。

「看見她孑然一身，我覺得好難過。她不應該孤孤單單過日子的，應該有人疼愛她，寵著她的。」

「如果她離了婚，卻帶著孩子，你也會覺得好難過，一個女人要孤單的把孩子撫養長大。」我說。

阿凡苦笑，點點頭，同意了我的假設。我們都明白，他就是捨不得倩倩。

阿凡當然也捨不下妻子與兒子，那個完整的家。

他殘存的理智提醒他，應該遠離，應該躲得遠遠的。那理智一天天減少：「我知道不應該再見她，卻又好想見她，見不到她就痛苦得不得了。」阿凡問：「我覺得自己一定是瘋了。老師，有沒有什麼藥，吃了

會好一點？」

我依然無話可說。

忘情藥，哪裡買？我也好想知道。

如果真有這種藥，銷路應該比維他命更好吧？跟止痛藥一樣好用嗎？又或者，仍有人甘願痛著、煎熬著，拒不服藥？

「分明一見怕銷魂，卻愁不到銷魂處」，就是這樣的無可奈何。

對於愛情最初的憧憬，都是一生一世，愛上一個人，便希望這份愛永遠不改變，永遠不消失，然而，有時候，永不消失的愛帶來的卻不是幸福，而是痛苦。我們自己也不明白，根本得不到回應的情感，是怎麼強悍的存活下來的？像一種永恆的誘惑，引我們犯罪，陷我們於無法掙脫的藩籠。

人情是人詩

踏莎行

清　鄭燮

中表姻親，詩文情愫，
十年幼小嬌相護。
不須燕子引人行，畫堂得到重重戶。
顛倒思量，朦朧劫數，
藕思不斷蓮心苦。
分明一見怕銷魂，卻愁不到銷魂處。

我們兩人是表親的關係，用詩文偷偷傳遞了初生的情感，情感自小就那樣稠密，十年來都保護著彼此，愛惜著彼此。不需要燕子帶路，也能熟悉的穿越層層門戶，到妳居住的美麗畫堂中，與妳相見。然而，造化弄人，為了不能相守，我的思緒顛倒錯亂；分離就像是躲不過的劫數，除了痛苦，竟然對一切都無能為力。我們兩人宛如切開的蓮藕，仍有截不斷的絲絲相連，思念不絕；又像是好苦的蓮子心，難以入口。妳就是我痛苦的來源，只要見到妳，就令我銷魂斷腸。可是，見不到妳的時候，感覺不到那劇烈的情苦，卻又讓我無比憂愁啊！

鄭燮（西元一六九三～一七六五），字克柔，號板橋。為官清廉，因老病罷官，客居揚州，家無餘貲，唯有寥寥幾卷圖書，只得以賣畫為生。為「揚州八怪」之一，其詩、書、畫被世人稱為「三絕」。

他曾著迷於名家書法，不斷臨摹，達到幾可亂真的地步，卻沒有受到世人讚賞。有一回，他用手指臨摹，寫著寫著，竟寫到了妻子身上，妻子撥開他的手，嗔道：「人各有體。」每個人都有身體，你用自己的身體臨摹吧。不料，「人各有體」這四個字卻似靈光，一閃而過，給了板橋很大的啟示。一味臨摹，幾可亂真，是成不了名家的。他後來自創書體，用作畫的方式寫書法，乃有了雅俗共賞的「六分半書」，成為清代享有盛譽的著名書畫家。

這一闋詞《踏莎行》，題為「無題」，卻不是為同甘共苦的結髮妻子所作，而是憑弔著一段青梅竹馬的浪漫情愫。詞中的表姊妹到底是誰，眾說紛云，有的說是王一姐，也有人說是郝家表妹。因為親戚關係，他們從小耳鬢廝磨，情愫暗生，加上詩文中的情意流動，在那情竇初開的孩子之間，自然形成甜蜜的遐思。

這位青梅竹馬的少女，有時候喜歡扮成男兒，有時候又是那麼嬌癡的女孩本色，千變萬化的情態，帶給鄭板橋無窮無盡的喜悅。他們一起作詩，一道下棋，留下許多美好難忘的回憶。

如果他們成了夫妻，在柴、米、油、鹽、醬、醋、茶的瑣碎粗糙中，浪漫也許就一點一點的磨蝕了；正因為始終沒能結合，鄭板橋這位多情種子，便不斷以充滿情感的詞作，懷念著那永不能重逢的往昔。

曼話情詩

〈賀新郎〉贈王一姐

鄭燮

竹馬相過日，還記汝雲鬟覆頸，胭脂點額。阿母扶攜翁負背，幻作兒郎妝飾，小則小寸心憐惜。放學歸來猶未晚，向紅樓存問春消息，問我索，畫眉筆。

廿年湖海長為客，都付予風吹夢杳，雨荒雲隔。今日重逢深院裡，一種溫存猶昔，添多少周旋形跡。回首當年嬌小態，但片言微忤容顏赤，只此意，最難得。

曼 二十年後，重逢了，世故了，眼神中的柔情竟依舊。

愛到深處愈惶恐

——欲別牽郎衣，郎今到何處

我認識那個女孩時，她是個幽默開朗的人，身邊有許多朋友圍繞。好對待朋友的態度，是最合宜的，既不會過度關心，也不會顯得疏離。好教養、有禮貌，是大家對她的評價。她愛上一個男人，已經有一段時日了，本來只是隔著一段距離，淡遙而沉默的愛戀，後來，男人發覺了她的情感，他們雙雙墜入愛河。能夠與所愛的人相愛，不是人世間最貴重的幸福嗎？

然而，女孩的生活漸漸失序了，她早知道男人的情史豐富，卻在相愛之後，忍不住拿自己與他之前的情人比較。「你之前的女朋友，會像我這樣愛你嗎？她們做過最令你感動的事，是什麼？」「傻孩子！過去的事了，提它做什麼？」男人剛開始的時候這麼說。到後來便漸漸不耐煩起來：「妳為什麼這麼喜歡打破沙鍋問到底？」聽到這裡，我也忍不住要問：「妳為什麼對往事這麼在意呢？」「我只是想確定，我是最愛他的女人，只是想確定他不會再愛上別的女人。」

女孩為了確定這件事，常出其不意的出現在男人的面前，原本是想給他驚喜，男人卻只有驚，並沒有喜。女孩愈來愈覺得挫折，她在深夜裡一遍遍撥打著男人已經關掉的手機，明知是接不通的，卻還要試，倘若接通了，更加驚惶，他在等誰的電話？

她很久沒有好好睡一覺了，哪怕男人睡在她身邊，她也會突然驚醒，擔心男人並不在身邊，一切只是一場夢。她有時候抱住男人狠狠痛哭起來，說不上是為什麼，像是一種哀傷的預感，預感到這段愛情終會結束，男人會從她的世界裡離開。男人抱著她好言安慰，卻不再說出「我永遠不會離開妳」這樣的話。

周圍的朋友都說，這段愛情，把她改變成了一個大家不熟悉的人了。

「是不是我愛錯了人？如果換一個對象，情況會不會好一點？」那一天，好不容易，她終於抽出時間和大家見面，因為男人出國去開會

了，她不用再去查勤或探班，也不用在半夜撥打電話了。看著她的黑眼圈，大家都不知道該說什麼才好。

「我覺得，不是對象的問題。」我想，我是能對她說實話的人，也應該對她說實話。

「妳其實是一個沒有安全感的人。因為真真切切的愛上一個人，直逼靈魂深處，於是，逼出了妳隱藏的真正本質。」

她怔忡了半天，迷茫地問：「為什麼我會這麼沒有安全感呢？」

沒有安全感的原因很多也很複雜，說不定是與生俱來的，只是一直不為人知，甚至也不自知。愛情，是一張試紙，試出了生命的酸鹼度，酸得令人痛哭流涕。

一千年前的唐朝，就有個深陷在情愛中的女子，也這麼缺乏安全感，情人一時一刻也離不了她的眼。「欲別牽郎衣，郎今到何處？」難以分離的纏綿中，怎麼也放不開情郎的衣袖，一聲聲的問著：「你要往

哪兒去呢？去做什麼呢？見什麼人呢？什麼時候才回來啊？」

每個人都有自己的心魔需要降服，沒有安全感，是千年前女子的心魔，也是千年後女孩的心魔。

沒有安全感，才會愈愛愈惶恐；愈愛愈匱乏。

這心魔不是他人可以降服的，不是給她更多的愛就能克服的。相反的，因為心魔作怪，正一點點的蠶食她的愛情，將愛她的人從她的身邊驅趕而去。

愛情是我們的功課，不只學習在愛中的付出與接受，等待與失望，更要學習勇敢面對隱藏的心魔，為了想要愛，只好學著駕馭它。

愛情並不如想像中頑強，有時候，我們必須為愛情出征，降服心魔。

人情是人詩

古別離

唐 孟郊

欲別牽郎衣，郎今到何處？
不恨歸來遲，莫向臨邛去。

這首詩題為〈古別離〉，別離，無論古今，都是最難消受的。佛家說人生有八苦，其中之一便是「愛別離苦」，愛中的別離，確實是難以言說之苦。

從知道即將別離之時，便有說不盡的千言萬語，到了真正臨別之際，竟又忍不住伸出手牽住情人的衣袖，問一聲：「你要到哪兒去呢？

就算你要過很久才回來，就算是我要等很久才能再看見你，都沒關係。只期盼你千萬，千萬不要離開了我便另結新歡啊！不要忘了我在這裡苦苦守候啊！」

孟郊（西元七五一～八一四），字東野，武康人，唐朝著名的詩人。若說人生有三種不幸，大概是幼年喪父、中年喪偶、老年喪子，孟郊的人生正遭遇了這三種不幸。他的考運也不順遂，曾有〈下第〉詩：「棄置復棄置，情如刀劍傷」，形容懷才不遇的傷痛。又有〈再下第〉詩：「兩度長安陌，空將淚見花」，令人聞之嘆息。直到四十六歲終於考中進士，欣喜欲狂的寫下〈後及第〉：「昔日齷齪不足嗟，今朝曠蕩思無涯。青春得意馬蹄疾，一日看盡長安花。」

孟郊與韓愈結為忘年之交，情感深篤，韓愈曾以「我願身為雲，東野變成龍」來形容對他的傾慕之意。孟郊因為自身際遇，詩中有許多饑寒傷感、窮愁失意的作品，是苦吟派詩人的代表作家。

這首詩用的是古樂府的體製，摹擬一個癡情女子的動作與口氣和心聲，微妙微肖。「臨邛」為什麼被視為禁忌之地呢？因為那正是奇女子卓文君的故鄉，也是司馬相如對她一見鍾情的地方。詩中女主角明白自己所愛的情人，並不是個尋花問柳的浪蕩子，因此，不擔心他去花街柳巷。她所憂慮的是，萬一情人遇見的，是像卓文君這樣，一個才貌不凡的女人，令人難以抗拒，那該怎麼辦呢？

蘇東坡對孟郊詩的評價是：「詩從肺腑出，出輒愁肺腑。」在這首短詩中，確實傳遞了肺腑中的難解之愁，也是在愛情中難以釋懷的隱憂。

曼話情詩

〈怨詩〉

孟郊

試妾與君淚，兩處滴池水。
看取芙蓉花，今年為誰死。

曼 可憐芙蓉花，不是被無情人枯死，就得被有情人鹹死。

〈結愛〉

孟郊

心心復心心，結愛務在深。
一度欲離別，千回結衣襟。
結妾獨守志，結君早歸意。
始知結衣裳，不如結心腸。
坐結行亦結，結盡百年月。

曼 可嘆有些人處處結愛，結得容易便也解得輕鬆。

因為被愛，才有任性的權利

——婉伸郎膝上，何處不可憐

我和幾個女性朋友聚餐，最年輕的菲比的手機唱起歌來，是一首纏綿的情歌：「天上風箏在天上飛，地上人兒在地上追，妳若擔心妳不能飛，妳有我的蝴蝶……」我們都知道，是她男朋友打來的電話。菲比伸手按了無聲鍵，繼續跟我們聊天。吃甜點的時候，那首歌又深情的唱起來了，菲比的姊姊諾兒皺起眉頭：「又吵架啦？」

「懶得理他！」菲比舀起一匙焦糖布丁，似笑非笑的說，眼神十分嫵媚。

「真的是超任性的妳！」諾兒不以為然的拍了菲比一下。

菲比的這個男友比她大十一歲，對她全然沉迷，相當愛寵。菲比不開心的時候，大叫「停車」，也不管是荒郊野外，還是快速道路，就要開門跳車。男友只好停車讓她下，再慢慢地開車尾隨她，等到她走累了，才下車去小心的賠不是，哄得她開心了，重新上車。

菲比和男友同居，居家擺設都照她的意思，設計師施工前還確認了

一下：「男主人沒意見嗎？」而菲比若和男友鬧脾氣，轉頭就出門，上演離家出走記，還不准男友打電話追蹤。她有時候回媽媽家裡住兩天，有時候去諾兒家混兩天，和諾兒的孩子玩膩了，氣也消了，便打電話給男友，說要回家了，男友一定在家裡恭候，還親自下廚做菜給她吃。

已經結婚八年的諾兒，最看不慣菲比的恃寵而驕：「她啊，完全被男友慣壞了。亂發脾氣喊『停車』，如果我跟我老公喊『停車』，他一定扔下我就開走了！還離家出走咧，我一出門他搞不好就換鑰匙了，讓我有家歸不得！」聽見諾兒的真心話，幾個女性朋友都會心的微笑了。

我看著菲比美麗的側影，心裡想，正因為她知道下車之後，男友會小心翼翼的尾隨，才膽敢在夜晚的山路上下車步行的吧？也因為她知道離家出走之後，會有個癡心的男人守候著，才敢說走就走的吧？她的任

性，是因為明瞭，自己被愛全然的包容，她倚恃的就是那份摯愛，有恃無恐。

有一天，一個畢業好幾年的學生，約了我做訪問，她先來跟我聊，過一會兒攝影師才來。那是個沉默寡言的男人，安靜的在一旁按快門，可是，當他聽見我的學生笑起來的時候，也就不自覺的微笑了。我注意到學生為他點了一杯冰咖啡，還對店員交代「不加糖喔」。我們當時在吃下午茶，學生的面前放了咖哩酥、起士蛋糕還有三明治。她斜著身子對攝影師說：「我吃不下……」

攝影師輕描淡寫的說：「妳放著，我等下吃。」

拍完照，攝影師要趕著去別處，卻仍坐下來，乖乖的喝完了冰咖啡，也吃完了同事剩下來的三明治和咖哩酥，才同我們告別。

「你們在一起嗎？」當攝影師離開後，我緩緩地問。

學生嚇了一跳：「老師怎麼知道？」

我微微笑著，沒有回答。怎麼會知道呢？因為我也有過這樣的經歷啊，那個在意著我的人，與我一起吃飯，我就可以任性的點喜歡吃的東西，哪怕根本吃不完。他會縱容的說：「沒關係，妳放著，我來吃。」吃不完的，不喜歡吃的，通通有人幫你解決，這種幸福，通常在失去之後才能感受深刻。

「婉伸郎膝上，何處不可憐」，我看過在愛中任意舒展的女子；也看過在愛中低首斂眉的男人，沉浸在愛戀中的人，注視著愛人的每一種姿態，都覺得愛悅不已，哪怕不合理也合情；不盡善也盡美。

人情是人詩

子夜歌

南朝民歌

宿昔不梳頭，絲髮披兩肩。
婉伸郎膝上，何處不可憐。

經過了一夜的纏綿與歡愉，少女依然像往日那樣，沒有把頭髮梳理成髻，而是自在的任絲般閃耀的長髮，柔順地披在肩頭。像小女孩似的匍匐在情郎的膝上，不管從哪個角度看來，都是那樣的令人憐愛。

南朝（西元四二〇～五八九）是在南方建立的四個朝代，宋、齊、梁、陳的總稱。它們存在的時間都比較短，最長的不過九十五年，最短

的僅只二十三年，是我國歷史上改朝換代速度較快的一段時期。此時，中國處於南北分裂的狀態，北方有北齊、北魏、北周，一般稱為「南北朝」。

東晉與南朝相繼定都在南京，聽見的是吳儂軟語，看見的是「好女如花，柔情似水」，當地的江東吳歌得到帝王權貴的欣賞和提倡，再加上文人的採集與整理，模擬仿作，成為當時最受歡迎的歌體。吳歌的音樂婉轉豐富，歌詞精巧細膩，感情真率動人，與北方歌曲的粗獷質地不同。最常見的就是〈子夜歌〉，有學者考證，是一個名叫子夜的女子，創作了這首歌，曲調哀悽婉孌，不但受人歡迎，四處傳唱，據說，連鬼都在夜裡唱〈子夜歌〉呢。魏晉南北朝本來就是個喜歡談鬼說妖的時代，為了彰顯〈子夜歌〉的普及與影響，特別情商鬼歌手演出，也是可以理解的啊。

吳歌多半以女性為描摹對象，直接表達女性在愛情中的身心感受，

為愛焦慮；顧盼多姿；刻骨相思；難捨難離，歌詠愛的歡愉，熱情洋溢；而不忍離別的纏綿哀怨，感人肺腑。

這個不梳頭的少女，正是想要誇耀自己那一疋好頭髮呢，我想像著，她在陽光照射進來的那個窗邊，攤展著自己絲緞般的黑髮，慵懶低垂著眼眸，似睡似醒的面容，閃著青春的光芒。情人溫柔的，用手指細細梳理她的長髮，那個午前時光，無止盡的延長，直到少女變為老婦。直到她的黑髮成為銀白，臉上爬滿縱橫的皺紋，仍記得，那個早晨，手指的溫度穿越髮絲，她彷彿要睡去了，其實卻很清醒，感受著情人每一次，愛的手勢。

曼話情詩

〈子夜歌〉

佚名

誰能思不歌，誰能飢不食！
日冥當戶倚，惆悵底不憶？

曼 所以，KTV和餐館永遠生生不息。

〈懊儂歌〉

佚名

我與歡相憐，約誓底言者。
常嘆負情人，郎今果成詐。

曼 有時候明明知道自己會被辜負，還是得走上一遭。

不能忍受的也包容

——衣帶漸寬終不悔，為伊消得人憔悴

年輕的時候，我想，我應該是個嚴苛的情人吧，對自己與情人，都是如此。「包容」只是一句口號，雖然喊得震天響，卻是那麼的膚淺，比方：包容他吃東西時的咀嚼聲響；包容他看愛情電影時竟然睡著還打鼾；包容他忘記了我們的紀念日；包容他的襪子與鞋的配色太突兀，這一類的，芝麻綠豆的小事。

後來才發現，愛的事件簿中，有太多匪夷所思的痛苦與傷害，常常令人束手無策。

那天在北京，有個年輕女記者訪問我對感情的一些想法，她突然問了一個「朋友想問的問題」，那女孩跟男友已經相愛一段日子了，但那個男人似乎是個劈腿健將，常常上演大大小小的劈腿項目，這次是直接向女友坦承的。女友因此覺得很受傷，想要和男友分手，卻一直斷不了，感覺更加痛苦。女記者問我，男友已經向女孩慎重道歉了，女孩該原諒他嗎？還是應該下定決心離開他？

我想，她以為我會斬釘截鐵的主張，女孩應該離開這個劈腿男。我相信許多人聽見了這種事，都會這樣主張，甚至還會說「天涯何處無芳草」之類的激勵人心的話。而我只問了一個問題：「女孩還是很愛男友的吧？」

女記者想了想，點點頭。

「如果還愛著，是沒辦法離開的啊。」我喟歎地說。

這是我這些年來明白的事，在愛情的道路上，我們要找尋的並不是一個「模範生」情人，而是一個「摯愛的」情人。

「模範生」情人很忠實，目光永遠集中在你身上，但你並不感激，反而覺得被盯得太緊，喘不過氣來。「摯愛的」情人不見得忠實，卻總是牽動你的眼光與呼吸，當他對你凝望時，你感到身心的狂喜。

於是，我們漸漸明白，找到一個好的情人不難，找到一個自己愛的情人卻不容易。

也許女孩有一天會離開劈腿男，但，並不是現在。現在，她就是離不開，下定決心並沒有用，因為，愛情仍頑強的活著。愛有它自己的路要走，誰都無法替它作主。

「那應該怎麼辦呢？」女記者哀傷的注視著我，那一瞬間，我真的要以為這是她的愛情際遇了。「只好接受了，接受這個情人的不完美。」也許，他還是繼續劈腿，只要他還能回來，而你依然愛他。不但忍受了這一切，甚至還能自我安慰，不管外面有多少女人，我才是他的摯愛。「又或許，終於有一天，發現自己再無法忍受，愛情也一點一點銷磨殆盡了，一切便結束了。」我對她說。

原來，包容是這麼一回事，為了愛的緣故，連不能忍受的也一併包容了。

原來，在愛情的國度中，「好人卡」是沒有用的，「愛人卡」才是免死金牌。

訪談結束，我看著年輕女記者離開的背影，那樣纖瘦，推開旋轉門，走進零下八度低溫，灰濛濛的城市。

柳永那兩句詞，躍上心頭：「衣帶漸寬終不悔，為伊消得人憔悴。」在這條並不順遂的情愛之路上，不知道她還得走多久？很多時候，或許會感到無助，也會忍不住的怨尤，可是，當情人一個渴望的眼神飄來，一聲疲憊的話語響起，就心軟了，又走回那個情境中。

旁人看著都覺得不忍，身在其中的人，卻仍有她的快樂與幸福——被自己愛的人愛著，雖然不是完整的，卻那麼珍貴，無怨無悔。

人情是人詩

蝶戀花

宋 柳永

竚倚危樓風細細，
望極春愁，黯黯生天際。
草色煙光殘照裡，無言誰會憑欄意？
擬把疏狂圖一醉，
對酒當歌，強樂還無味。
衣帶漸寬終不悔，為伊消得人憔悴。

久久地站立在高樓上遠眺，似有若無的風，微微吹拂在臉上，是春天了。極目遠眺，只能看見從天邊漫漫而起的愁思，黯淡地、將眼前景色都染上了陰暗的濃鬱。煙霧裡的綠草，在夕陽餘暉中飄搖，如同我失序的心情，沉默之中，誰能明瞭我為何獨自憑欄呢？其實，我也很想故作瀟灑的痛飲狂醉，拿起酒杯來高聲歌唱，只是，這樣刻意的、勉強的歡樂是多麼乏味。還是面對最真實的情感吧，我的衣帶愈來愈寬鬆，面容愈來愈憔悴，都是為了那個懸在心上的人。縱使是承受著苦楚，卻是一點也不後悔，心甘情願的啊。

柳永（西元九八七～一〇五三），原名三變，後改名永，字耆卿。排行第七，又稱柳七。他的父親、叔父、兄弟、兒子與侄兒都是進士，他的考運偏偏不佳，年近半百才賜進士出身。他的詞作廣受歡迎，連當朝皇帝亦頗關注，柳永的〈鶴沖天〉有這樣兩句話：「忍把浮名，換了淺斟低唱。」宋仁宗讀完之後，不以為然的批評：「此人好去『淺斟低唱』，何要『浮名』？且填詞去！」柳永索性自稱「奉旨填詞」。然而，他的詞填得享譽四海，西夏歸順大宋的一位官員，提到柳永詞作的流行程度：「凡有井水處，即能歌柳詞。」這樣的殊榮，可不是科舉考場上可以博得的。

或許是因為他的仕途不順，有許多積鬱難消；或許是因為他天生的浪漫性格，得從風花雪月中炮製靈感，歌台舞榭成為他的溫柔故鄉。他是煙花柳巷中炙手可熱的「大師」，歌妓們使出渾身解數，盼望得到他的絕妙好詞，為她們增添許多身價，更為她們的藝術造詣增添光彩。

「不願君王召，願得柳七叫；不願千黃金，願得柳七心；不願神仙見，願識柳七面。」歡場中流行著這樣的歌謠。柳永盡情燃燒他的生命，在紅燭高燒的煙羅帳裡，終有燭殘燼冷的一天，當他去世時，已經一貧如洗，全靠這些好交情的姊妹們籌辦喪事。因為他的詞，讓她們那麼深刻的唱出自己的寂寞與相思，讓她們認識了自己不僅僅是讓人尋歡

取樂的歌女，也可以是一個藝術家。於是，無人祭奠的柳永墳墓，每當清明時節，便有許多美麗的歌妓前來憑弔，稱為「弔柳七」或「弔柳會」。

悠揚歌聲在墳上響起，震動了關裡關外，每一口慣聽柳詞的井水。

曼話情詩

〈秋夜月〉

柳永

當初聚散。便喚作，無由再逢伊面。
近日來，不期而會重歡宴。
向尊前，閒暇裏，斂著眉兒長歎。

惹起舊愁無限。

盈盈淚眼。漫向我耳邊，作萬般幽怨。

奈你自家心下，有事難見。

待信真箇，恁別無縈絆。

不免收心，共伊長遠。

曼

等到多情人收心那一天，便修成正果了，只是多半也年華老去。

〈憶帝京〉

柳永

薄衾小枕天氣。
乍覺別離滋味。
展轉數寒更，起了還重睡。
畢竟不成眠，一夜長如歲。
也擬待、卻回征轡。
又爭奈、已成行計。
萬種思量，多方開解，只恁寂寞厭厭地。
繫我一生心，負你千行淚。

一生心與千行淚，都是深情人，遇見無奈事。

沒有任何事物可以取代，愛

——長門盡日無梳洗，何必珍珠慰寂寥

和兩個女性朋友吃過午飯之後，陪她們去看一間想承租的商業辦公室，搬得空空的空間，隔間也拆得乾乾淨淨，一點都感覺不出曾經是個熱鬧的公司，曾經有許多人進進出出，在這裡忙碌的過生活。

我的朋友和仲介打聽著租金、屋況等等，而我一個人便四處逛逛瞧瞧，不亦樂乎。有人住過的空房子，總會帶給我一些奇想，彷彿那些曾經移動的身影和聲音，仍停留在空間裡，像是沒能投胎的遊魂。正當我這麼想著的時候，驀然看見一個男人，捧著巨大的一束鮮花，在透明玻璃門外，伸手按了電鈴。

仲介開門和男人講了兩句話，轉頭對我們說：「是花店來送花的。」

花店男人探頭進來問：「哪一位是張小姐？這是要送給張小姐的花。」

兩個朋友都看著我，其中一個甚至興奮起來：「是生日禮物嗎？好厲害喔，竟然能送到這裡來。」是啊，現場只有我一個人姓張，如果真有人送花到這裡來，實在是太虛榮的事。還好，我的理智並沒有因為一束花而崩解，我的生日已經過好久了，如果真有人送花送到這裡來，那就不是驚喜，而是驚悚了吧。於是，我堅定地搖搖頭。

「你要找的張小姐應該是之前的公司吧。」仲介對花店男人說：「根據我的資料，之前的公司已經搬走快兩個月了喔。」

花店男人有點沮喪，只得捧著一大束花離開了。我看見那是一束很美麗的花，使用的應該都是高價的花材，可見送花的人，確實是很有誠意的。只是，這花應該在兩個月前抵達的，不是嗎？什麼原因竟遲了將近兩個月？他難道不知道，兩個月足以改變很多事了嗎？

我忽然有了自己的奇想，這奇想還帶著哀愁的意涵。曾有一位張小姐在這裡上班，她愛著或是愛她的那個人，計劃了要在這一天送花給她，這一天，或許是張小姐的生日；或許是他們的相識紀念日；送花人

計劃了好久，卻不知道她將搬離了。為什麼他不知道她的公司已經搬走了？

我眼前彷彿出現一個女人的側影，總是在等待；默默流眼淚；知道那些情話不夠真心，只是安慰，但，她還是癡心的告訴自己，終有一天，一切付出都會值得的。如果能夠繼續等待，繼續忍耐，那個人會專心的愛上自己。

直到某一天，或是某一個事件，讓她被傷透了心，或許並不是最重要的事，也不是最難堪的創傷，只是像壓垮駱駝的最後一根稻草，她在哭過之後，頓時清明了。這樣的愛情，何以為繼？這樣的愛人，何必再愛？

擦乾眼淚那一天，她決定不再哭了，也不想再與那個人聯絡了，她刪去他所有的信件，換了新的手機號碼，她最終獲得了命運的主導權，她離開了，甚至沒有正式告別。

那個人選擇了一個特別的日子，誠意十足的訂了一束美麗鮮花，想要博得張小姐的驚喜、感動或甜蜜。他可能在等候著感謝電話，然後，他們可以重新開始，但，一切都晚了。

「長門盡日無梳洗，何必珍珠慰寂寥」，唐代的梅妃，貴為皇帝的女人，曾發出過這樣的怨歎。再多的禮物，再貴重的饋贈，如果沒有真情實愛，也是枉然。

哪一位是張小姐？這是要送給張小姐的花。然而，張小姐人在哪裡呢？無人簽收的一束花，有太多故事和遺憾。

那一天，台北的雨下啊下個不停。

人情是人詩

一斛珠

唐 江采蘋

柳葉雙眉久不描，殘妝和淚濕紅綃。
長門盡日無梳洗，何必珍珠慰寂寥！

纖秀如柳葉的美麗眉毛，已經很久沒有描繪了。臉上的妝被淚水沖散，紅色的絲帕濕了又濕。遷入冷宮，失去寵愛的我，整天懶得梳洗打扮，這一盅光瑩的珍珠，雖是你的心意，又怎能安慰我的寂寞與淒傷？

這首詩的作者江采蘋（約西元七一〇～七五六），是唐玄宗早期的寵妃，一直以來都與楊妃的故事相提並論。她是福建人，家族世代為醫，據說九歲時便熟讀《詩經》，並且透露出不凡的志向與自尊自重的性格。

太監高力士出使到福建、廣東一帶，見到了骨瘦神清，楚楚動人的采蘋，便選入宮中。這個才貌雙全的女子，深受唐玄宗寵愛，因為她的孤芳自賞，癖愛梅花，舉手投足自然散發梅的清豔與芳香，便在她的居所遍植梅樹，並戲稱她為「梅妃」。梅妃喜愛淡雅的妝服，她有吟詩的才華，也有音樂及舞蹈的天份，玄宗曾當著諸王兄弟的面稱許梅妃：「吹白玉笛，作『驚鴻舞』，一座光輝。」可見，在那段時間，玄宗對梅妃是大為傾倒的。

《驚鴻舞》是極富優美韻味的舞蹈，舞姿輕盈曼妙、飄逸出塵、如夢似幻。舞者描繪鴻雁飛翔的動作和姿態，彷彿即將凌空飛去，是唐朝廣為流傳的舞蹈。

梅花幾度開落，宮中來了更為年輕豐美的楊妃玉環，玄宗甘冒大不韙，貪歡奪媳，而這個宛轉皆如人意的小女人，完全佔據了玄宗的愛情，就像是一股青春泉水，沖激著那老去的心靈。

疏淡如梅的江采蘋，自然是失了寵，還被貶入冷宮。百媚千嬌的玉環就像夏天，嗜吃紅豔的荔枝；失意寂寥的采蘋則像冬天，徘徊在梅花之下。

傳說玄宗也曾憶起梅妃的凝眸深情，也想重溫梅花的清涼與冷香，卻在楊妃的妒意下，只得作罷。為了安慰冷宮中的采蘋，他命人送了盛滿酒杯的珍珠給她，只是，梅妃驕傲的退回了君王的饋贈，在她看來，這一顆顆渾圓透亮的貴重珍珠，還比不上她因為思念而流下的淚珠。退回的珍珠中，夾帶著她寫給君王的這首《一斛珠》。玄宗讀後歎息低迴，命樂府譜成了新曲傳唱。卻也僅止於此。想不到梅妃有個異國知己，就是寫作了《少年維特的煩惱》，十八世紀德國著名的作家歌德。歌德將這首《一斛珠》的英文版譯為德文，介紹給德國人，是中國古詩中第一首譯為德文的作品。

當所有愛情的繁華都屬於楊妃，後宮卻不斷傳唱著《一斛珠》，梅樹下的江采蘋是怎麼樣的心情呢？她會不會期望，當年「驚鴻舞」翩然的時刻，忽然襲來一陣大風，讓她像飛鳥般翱翔而去，永遠留下愛情最美麗的記憶？

曼話情詩

〈好時光〉

唐 李隆基

寶髻偏宜宮樣，蓮臉嫩，體紅香。
眉黛不須張敞畫，天教入鬢長。

莫倚傾國貌，嫁取箇，有情郎。
彼此當年少，莫負好時光。

皇上有旨意，與其嫁個有錢的，不如嫁個有情的。

〈怨歌行〉

漢 班婕妤

新裂齊紈素，皎潔如霜雪。
裁為合歡扇，團團似明月。
出入君懷袖，動搖微風發。
常恐秋節至，涼風奪炎熱。
棄捐篋笥中，恩情中道絕。

曼 妃子有體悟，不但得當情人的涼扇，還得當情人的暖被啊。

惡質的分手，毀壞一切美好

——江已東流，哪肯更西流

珮珮是由母親帶著來見我的，當她還是一個小女孩的時候，我曾陪伴她遊戲，如今她坐在我面前，已經是個亭亭如蓮的美麗女人了。巧合的是，我們相約的地點，正是十年前，一起吃下午茶的餐廳，我們不約而同望向透明電梯，依舊上上下下的運作著。「那時候，妳很愛搭這台電梯啊。」我對她說。她的眼瞳閃了閃，顯然她也還記得這件事。那年，她的母親和父親正在談離婚，總是心煩氣躁，我便陪珮珮搭著電梯玩。後來，她的母親和律師談話時，我還帶她去公園裡盪鞦韆。

珮珮盪得好高，笑得好開心，她的蕾絲襪邊像白鴿那樣的飛舞著。

此刻，珮珮卻一點笑容也沒有。點了飲料之後，她無意識的啃著已經禿了的指甲。看著她凹陷的雙頰，想到一年前她母親寄給我的照片，她豐腴光亮的臉龐，站在大峽谷，那麼年輕、那麼有活力。一場戀愛，童話般的開場，卻是煉獄般的結束，彷彿將這女孩的生命泉源都奪走了。

珮珮在父母離婚之後，跟著母親去美國，在外婆、舅舅、阿姨的呵護下快樂長大。一進大學，便在舅舅辦的派對中，認識了宛如王子的那個資優生。他的家世一流，是許多女孩的白馬王子，卻對單純可人的珮珮一見鍾情，他們迅速墜入愛河。王子說這是他第一次認真的愛上一個女孩，或許因為太認真了，他對珮珮的要求很多，脾氣也特別大，珮珮被他的言行舉止嚇著了，他便低聲下氣的賠不是，保證下次絕不發脾氣。可是，珮珮發覺他化身駭客侵入她的電腦，讀取她的所有檔案、資料與信件，這是她絕不能姑息的事，於是提出分手。

王子百般懇求，請出父母當說客，將珮珮的舅舅、阿姨、外婆全都牽扯進來，珮珮還是不能釋懷，不肯復合。王子採用另一種戰略，不管珮珮去上課、去圖書館、去超市、去游泳，他都尾隨在旁，像個幽魂那樣，緊緊的盯著珮珮看。不只是珮珮，連她身邊的人都要崩潰了。珮珮的母親興師問罪，問王子為什麼不斷騷擾珮珮？王子說：「我那麼愛

她，她為什麼不愛我？她以前不是愛過我嗎？現在為什麼不愛我？我不知道原因，我不明白發生了什麼事！」

珮珮哭了起來，想到曾經相愛的往昔，她不願意這樣美好的開始，卻這樣滿懷怨懟的結束。她決定勇敢的面對王子，把話說清楚，讓兩人之間不再有遺憾。她去赴了王子的約，接著就失蹤了。

珮珮的母親報了警，兩天之後，警察才在沙漠的汽車旅館中找到珮珮，她的頭髮被剃得精光，讓恐懼折磨得不成人形。瘋狂的王子囚禁了珮珮，當警察拘捕他的時候，他掙扎著，聲嘶力竭地朝珮珮大喊：「為什麼不愛我？我是資優生！我從來沒有失敗過！妳為什麼不愛我？」

珮珮看了好一陣子的心理醫生，她開始失眠，罹患恐慌症，無法回學校繼續唸書，母親只好帶她回台灣來。而她絕口不提，曾經的那段情感關係，彷彿從生命中澈底剜去了。

那個王子顯然不明白「江已東流，那肯更西流」的道理，他以為愛

情是一個人的事，只要他還愛著，不管愛的方式是否妥當，都不容拒絕。從小備受寵愛的他，沒有得不到的東西，愛的失去，形同於人生的失敗，這是不能忍受的事。

看著短髮的珮珮，我把手輕輕覆在她手上：「我們去盪鞦韆，好嗎？」如果，她還願意跟我去盪鞦韆，我會告訴她，那麼努力的盪著雙腿，往上飛昇，就必定會往下墜落，然後，才能再次飛起來。

這是鞦韆的祕密，也是成長與愛情的祕密。

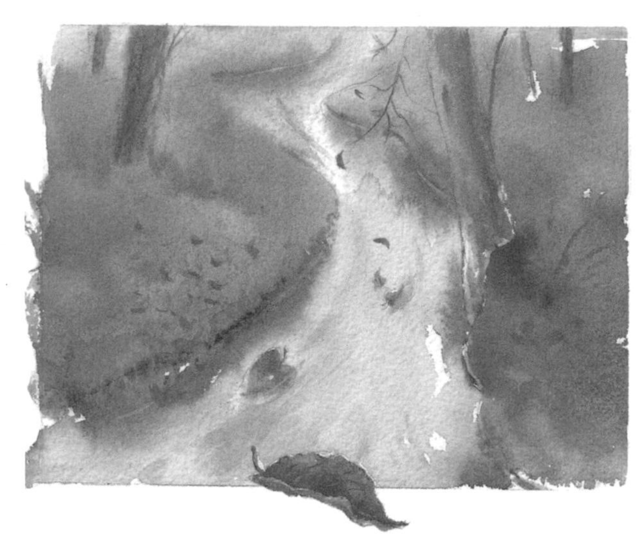

人情是人詩

南柯子

宋 范成大

悵望梅花驛，凝情杜若洲。
香雲低處有高樓，可惜高樓，不近木蘭舟。
緘素雙魚遠，題紅片葉秋。
欲憑江水寄離愁，江已東流，那肯更西流。

望向那為人傳信的驛站，彷彿可以嗅到梅花的芬芳，卻等不到情人的信，只感到惆悵而已。深情的眼眸專注的凝視著沙洲，開滿了杜若花，這兒是情人離開的地方。美麗的雲朵似乎散發著香氣，依戀地靠近我居住的高樓，可惜我在高樓上，無法乘船尋找你。寄給你的信，已經

去到很遠的地方了，不知你是否收到？想在紅葉上為你題詩表意，卻已是落葉凋零的深秋。很想藉著流水將這份離愁別意寄給你，但是，江水一逕的向東流去，怎麼可能為了我們而西流呢？

范成大（西元一一二六～一一九三），字致能，自號石湖居士。他是南宋著名的田園詩人，也是著名的書法家，作為南宋特使，出使金國，為堅持國家利益進行了昂然不屈的抗辯。

愛國詩人陸游曾擔任過他的幕僚，抗金北伐、收復失土的理念，兩人是相當契合的，也因此在投降主義的南宋朝廷中，註定了坎坷多舛的命運。范成大並不以幕僚身分看待陸游，他們經常把酒論詩，彼此酬唱，互相勸勉寬慰。陸游也在詩中表達與范成大共事的自在與溫馨，兩人宛如知己。范成大在官場幾度浮沉，晚年僅擔任一些地方官職，仍盡力興水利、建良法、恤貧除弊，頗得民心。而他的生活優裕，漸漸發展出田園詩人的情調。

年輕的詞人姜夔到蘇州去拜訪范成大，留下一段風流韻事。隱居的范成大有良田千頃，歌姬數十人，姜夔已小有名氣，卻仍是個潦倒的布衣文人，四處流浪。他們倆一見如故，吟詩填詞，相談歡愜。那正是梅花盛開的冬天，范成大便邀姜夔賞梅，創作新曲，姜夔的〈暗香〉、〈疏影〉兩闋新詞橫空出世，將梅的姿態與神韻瞬間準確捕捉，范成大十分激賞，命家中樂工與歌姬即席演奏歌唱。歌姬小紅櫻唇輕啟，珠圓玉潤的吟唱：「舊時月色，算幾番照我，梅邊吹笛？喚起玉人，不管清寒與攀折。」既傾情又婉媚，她的歌聲透露出無限的欽慕。而姜夔也被才貌雙全的小紅攝去了魂魄，癡癡的移不開目光。范成大會心一笑，將小紅贈與姜夔。賦以梅花詞，抱得美人歸，從此之後「自作新詞韻最嬌，小紅低唱我吹簫」，便是姜夔最旖旎動人的尋常生活了。

范成大既能成就大事，也能成人之美，雖然他自己並沒有浪漫的愛情故事流傳後世，卻真是個知情解意的多情人。

曼話情詩

〈秦樓月〉

范成大

樓陰缺。闌干影臥東廂月。
東廂月。一天風露。杏花如雪。
隔煙催漏金虬咽。羅幃暗淡燈花結。
燈花結。片時春夢。江南天闊。

曼 相愛的歡愉總是那麼短暫，一分別便是海角天邊。

〈車遙遙篇〉

范成大

車遙遙，馬憧憧，
君遊東山東復東，安得奮飛逐西風。
願我如星君如月，夜夜流光相皎潔。
月暫晦，星常明。
留明待月復，三五共盈盈。

曼 你是月，我是星，月有陰晴圓缺，星星總是執著的亮著。

一直在那裡，只等你回頭認取

——驀然回首，那人卻在燈火闌珊處

她今天過三十歲生日，沒有鮮花和蛋糕，沒有KTV和派對，甚至沒有一個熟悉的人，只有她自己，在遠離家鄉的異國。她已經到達歐洲三個月了，肌膚變成褐色，腿腳和手臂也更健壯了。今天的登山行程，雖然走了三個多小時，卻還不太疲憊。她在山腰的小教堂裡，聆聽了孩子的唱詩，歌聲如天籟，她對自己說：「生日快樂！」

一個小女孩，在她背起背包離開時，送了一朵大紅花給她，她便將花插在鬢旁，想像著自己是大溪地女孩。然後，她推開山中圖書館的木門，走了進去。想不到山中還能有這樣的地方，木桌木椅，窗明几淨，書架上的書不多，卻有無線網路可以使用。她才開啟電腦，便見到新郵件的訊號，仍然是他：「今天的妳，到了哪裡？有什麼樣的遭遇與心情？我仍在揣摩著妳的一切，旅行中的樣子，靴子上的泥土，或是頭髮上的一朵花……」她的心篤篤地跳了一下，他到底是瞭解她的，知道她喜歡把花戴在頭上，從小的時候就是這樣。

她和他是青梅竹馬一起長大的，小學時因為比鄰而居，他擔任著帶她上學，陪她回家的責任。她有時候經過溝渠，蹲下來看水裡的大肚魚或是小青蛙，他也不催她；她經過一片花籬笆總會摘下一朵紅花，在手中把玩，然後插在鬢邊，他也不笑她。「我們是青梅竹馬，卻不是一對戀人喔。」她是這麼詮釋他們之間的關係的，他便也笑笑地附和：「真的不是。」漸漸長大，他交了女朋友，她也認識了不同的男孩子，每次都以為能在情感中安頓下來，卻好像一張拼圖丟失了關鍵的一片，成不了完整。

有一次她失戀了，邀他出來買醉，先是哭得一把鼻涕一把眼淚，然後，眼睛腫腫地，負氣對他說：「我覺得都是因為小時候，我們去上學不是會經過一間土地廟嗎？我們從沒有拜拜過，肯定是惹得土地公生氣了，你看你啊，我啊，都修不成正果。」她顛顛倒倒的說著，然後就吐了。

他送她回家時，她已經昏昏欲睡了，彷彿聽見他說：「我從小就拜土地公啊，求祂保祐妳平安，求祂保祐我可以常常陪在妳身邊。」他們同病相憐，常常約著去爬山、看電影，他有時若有所思的看著她，有時欲言又止：「妳有沒有想過，也許……」她盯著他看，他廢然而止。「也許什麼？」她問他，既想打破沙鍋，又怕沙鍋破了，那樣忐忑不安。

她的公司關閉，她決定出國去流浪一段日子，身邊的人都勸阻她，包括父母親和姊姊，以及一些姊妹淘。都說一個女孩子這樣孤孤單單去旅行，讓人不放心。倒是他全力支持她，為她張羅許多網路資料，還幫她買了一雙走路的靴子。「妳是個可以走長路的人，穿上這雙靴子，刮風下雨都不怕。」「我走得太遠，不想回來了呢？」她幽幽地問。「妳會回來的。」他說：「靴子會把妳帶回來，我已經交代它們了。」她噗嗤一聲笑出來。

「原來我一直在等妳，等妳發現我在等妳。」他的新郵件這麼寫著：「穿著靴子戴著花的女孩，生日快樂！」她的淚忽然湧上來，迷濛了視線。

認識一個人，已經超過三分之二的歲月，竟然沒發現，那件最重要的事？和他在一起，是最自由最安心的時刻。「眾裡尋他千百度，驀然回首，那人卻在燈火闌珊處」，也許必須要拉開距離，才能看得清楚些。

她用手提電腦拍下戴著花的此刻，露齒開朗的笑著，回信給他，附上這張照片：「收到你的生日祝福了，我仍是愛戴花的女孩，因為有你的等待，我將回來。」她抬起頭，望向窗外，黃昏時分，山下城鎮裡的燈火一盞盞燃亮了。

人情是人詩

青玉案（元夕）

宋 辛棄疾

東風夜放花千樹，更吹落、星如雨。
寶馬雕車香滿路。鳳簫聲動，
玉壺光轉，一夜魚龍舞。
蛾兒雪柳黃金縷，笑語盈盈暗香去。
眾裏尋他千百度。
驀然回首，那人卻在，燈火闌珊處。

陣陣溫暖東風，在深夜裡悄然無聲的，吹開了千棵樹上的鮮花，也將空中的繁星吹落，成為晶瑩的流星

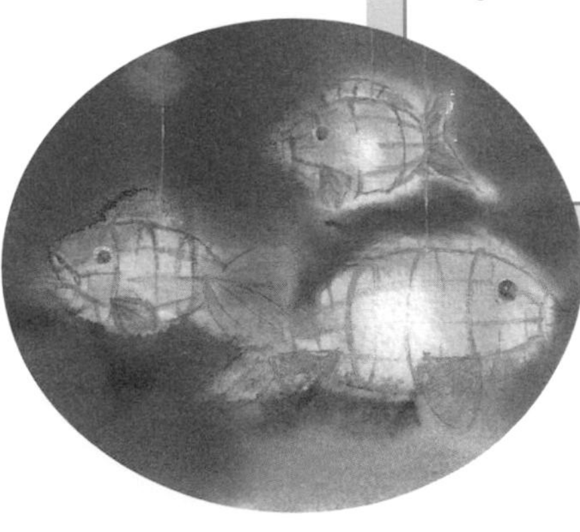

雨。華麗的香車寶馬，各式各樣的醉人香氣，彌漫著整條大街。悅耳的簫聲動人心弦，圓滿明亮的月兒無聲轉動，提在人們手上的魚燈、龍燈翻騰舞動著。美人妝飾得光輝亮麗，頭上戴著華美寶貴的飾物，說說笑笑地輕盈走過，只留下似有若無的香氣縷縷。想要追尋美人的蹤影，在人群中來來回回，總找不著。不經意間一回頭，卻看見了，她亭亭地站立在燈火稀寥之處。

辛棄疾（西元一一四〇～一二〇七），南宋詞人。原字坦夫，改字幼安，別號稼軒居士，與蘇軾齊名，並稱蘇辛。他是山東人，出生時北宋已經亡國，南遷偏安，二十一歲那年他參加了抗金義軍，從北方歸南宋。一生堅決主張抗擊金兵，收復失地。光復故國的雄心壯志得不到施展，滿腔悲憤，發而為詞，由此造就了南宋詞壇一代大家。

同樣是豪放詞風的作家，辛棄疾卻不像蘇東坡有著傳誦不絕的浪漫故事，或是令人懷想的紅粉知己。在他的名作〈水龍吟．登建康賞心

亭〉中：「倩何人喚取，紅巾翠袖，搵英雄淚」，重點其實是「英雄氣概」，至於紅巾翠袖的美人，只是為賦新詞的點綴罷了。就連這闋看似追尋夢中人的〈青玉案〉，也是藉著元宵的奢華綺靡，暗諷南宋君臣不知力圖振作，只知貪享逸樂，唯有那佇立在夜色清冷處的人（或是自己），眾人皆醉我獨醒，傲然出塵卻也孤單寂寞。

辛棄疾的情感，投注於志同道合的同性友人身上，倒是炙烈動人的。流傳最廣的是「百折不回，饒有銅肝鐵膽」的陳亮（西元一一四三～一一九四），他與辛棄疾雖非朝夕相處，卻都是主戰派人物，兩人惺惺相惜。據說有一回，陳亮聽聞辛棄疾染病，便策馬疾馳探望，將到辛棄疾隱居的上饒，需渡過一道溪流，他的馬幾次沒能躍過，並生出畏怯退縮之態，陳亮情急之下竟斬斷馬頭，徒步奔赴辛棄疾的病榻之前。辛棄疾見到好友，精神大好，與他共飲共吟，高歌舞劍，盤桓十日，不忍分離。陳亮離去之後，辛棄疾懸想不已，竟然策馬急追，可惜為風雪所阻，只得寫下「我最憐君中宵舞，道男兒、到死心如鐵。看試手，補天裂」這樣的詞句。

文武雙全，挑燈看劍的爽颯男子，把他一生的愛情都獻給了國仇家恨，面對這「到死心如鐵」的英雄，再溫存的紅巾翠袖，再濃郁的暗香，也是徒勞。

曼話情詩

〈清平樂〉

辛棄疾

春宵睡重。夢裡還相送。
枕畔起尋雙玉鳳。半日才知是夢。

一從賣翠人還。又無音信經年。
卻把淚來做水，流也流到伊邊。

淚水是最脆弱也是最強大的力量。

〈點絳脣〉

宋 陳亮

一夜相思，水邊清淺橫枝瘦。
小窗如畫。情共香俱透。
清入夢魂，千里人長久。
君知否。雨僝雲僽。格調還依舊。

正因為一夜相思未眠，梅枝都被看瘦了。

便是死亡也不會消逝

——十年生死兩茫茫，不思量，自難忘

人生總會有一些漫長的，彷彿是無窮無盡的等待，如星子的等待暮色；如櫻花的等待春光，在那樣的等待中，倚靠的是什麼樣的力量呢？是什麼支撐著等待的人，永不放棄？

【未婚妻的漫長等待】是一部反戰的電影，也是令人印象深刻的愛情故事。

未婚妻是個不幸的女孩，幼年時父母雙亡，又罹患了小兒痲痺症，由叔叔嬸嬸撫養長大。未婚妻的父母親生前投了保，留下一筆可觀的遺產給她，讓她和叔叔嬸嬸過著挺舒適的生活。叔叔嬸嬸真心誠意的愛著她。當時是第一次世界大戰末期，她的未婚夫去前線已經兩年了，她從未婚夫袍澤那裡聽聞未婚夫的死訊，叔叔一面開車，一面對她說：「如果妳不想哭，妳就說一說吧，說著說著，也許就可以哭出來了……」他們都覺得那男孩已經死去了，只有未婚妻堅信他還活著，她的直覺告訴她，愛人仍活在世界上，這直覺如此強烈。

未婚夫還活著，那麼，他到哪裡去了呢？為什麼音訊全無？家人雖然有這樣的疑問，卻還是選擇支持她。女孩身邊的人一個一個，都加入了這樣的信仰行列，像是送信的郵差；男孩的舊日袍澤；包打聽的律師，他們一點一點像拼圖似的把謎底揭開。當女孩快要失去信心的時候，她就會對自己說：「如果叔叔來叫我吃飯之前，狗先跑進來的話，他就還活著。」叔叔推開門叫女孩，那隻大狗卻硬是擠進房裡，跳上女孩的床，女孩快樂的摟住狗，像得到神的啟示。在等待中，最能為我們帶來信心的，往往是我們自己。

女孩不斷回憶起他們相愛的過去，男孩只有十歲，就喜歡了九歲的女孩，他跟在她身邊問：「妳走路會不會痛？」男孩的父親看守燈塔，他們在燈塔上隔著玻璃親吻。即便是女孩在墓地裡看見了寫上男孩姓名的十字架，心裡仍抱著一點希望，覺得男孩並沒有死去。因為他們相愛的記憶，如此炙烈，有著鮮活的生命，還將繼續成長。

漫長等待的盡頭是什麼呢？男孩果然還活著，只是失去記憶。然而，見到女孩，這個他深愛過的未婚妻，看著她緩慢地、一步步朝自己走來，頭一句話問的還是：「妳走路會不會痛？」未婚妻於是心安了，哪怕失去記憶，這男人依舊是她的男人。

明代張潮在《幽夢影》中有這麼一句話：「多情者，不以生死易心。」一個真正懂得感情，並擁有美好回憶的人，不會因為生死這樣的事而改變心意。死亡，是無可挽回的，強大的力量，但它帶不走愛情。愛過一個人，真摯而深刻，就算是死神也束手無策，無法毀壞。

有些人的愛情來得激烈而迅速，如同春天陽光下的冰花，薄脆玲瓏，卻很快就消融了。有些人的愛情安靜而緩慢，卻像藏在深海的巨大冰山，從海面上無法測量它的堅硬與恆久。

蘇東坡哀悼去世十年的亡妻，寫下了「十年生死兩茫茫，不思量，自難忘。」頭一次讀到的時候，我便被撼動了，這是寫給已經去世的人

的詞啊，不必再說甜言蜜語；不用再給愛的保證，只是那麼坦誠的告白自己的心情，不用討好，不必違心。

他說，我並不想念妳，十年來，我從來沒有想念過妳，我只是，沒有辦法把妳忘記。一刻也不曾忘記。原來，「我想念你」，這句話也是多餘，如果，從不曾忘記，又何需想起？

人情是人詩

江城子

宋　蘇軾

十年生死兩茫茫。不思量，自難忘。
千里孤墳，無處話淒涼。
縱使相逢應不識，塵滿面、鬢如霜。
夜來幽夢忽還鄉，小軒窗，正梳妝。
相顧無言，惟有淚千行。
料得年年腸斷處：明月夜、短松岡。

生死已經將我們隔絕了十年，十年之間，我們無法得知彼此的行蹤。我沒有思念過妳，因為根本沒有一天忘記過妳，又何需思念？妳的墳孤孤單單的，與我相隔千里，就算有什麼憂愁的心事，也無法傾訴，多麼淒涼。此刻倘若能夠重逢，恐怕妳也認不出我來了，這些年來的滄桑折磨，使我的臉上滿是風塵，兩鬢斑白如霜雪。夜裡忽然作了一場夢，夢見自己返回故鄉，看見妳倚在小窗邊，梳妝打扮，依舊是當年的容貌。我們看見了彼此，千言萬語卻一個字也說不出來，只能淚流如傾。我知道每一年每一天，都會有令我哀傷腸斷之處，那就是妳的長眠地，當明月爬上山岡，照亮妳墳旁的短松樹。

蘇軾（西元一〇三六～一一〇一），字子瞻，自號東坡居士，眉州眉山人。他與父親蘇洵，弟弟蘇轍，是宋代著名的古文「三蘇」。蘇軾詩、詞、書、畫、文章都好，他還是美食家、藥師、農夫、築堤工程師，在不斷貶謫的仕宦生涯中，留下三千多首詩詞。

東坡十八歲那年，婚娶十五歲的王弗，雖是媒妁之言，兩人情感卻很融洽，王弗瞭解東坡眼中沒有不好的人，因而常有「幕後聽言」的故事，給熱情直率的東坡善意的提醒，這個聰敏嫻靜的女子，深得丈夫的信任和倚賴，卻在二十六歲那年病故了。在她過世十年之後，東坡被貶至密州，孤寂失意的境況中，寫下這闋〈江城子〉，三十九歲的他，仍那樣深情款款，追蹤著只能在夢中溫存的身影與情意。

四年之後，東坡婚娶了王弗的堂妹王閏之，閏之秉性柔和，遇事順隨，是個貼心的妻子，對丈夫的照顧無微不至。她不僅撫養王弗留下的兒子，還替東坡生下兩個兒子。東坡生命中最大的劫難「烏台詩案」發生時，被誣陷下獄，命懸一線，閏之驚怖幾死，東坡卻能用豁達的態度與幽默的言語，安慰妻子，使她破涕為笑。王閏之在東坡最驚濤駭浪的二十五年之間，與他相依相伴，過世之後，東坡寫下生則同室，死則同穴的祭文。

聞之還曾在杭州買下一個聰慧美麗的丫環，取名「朝雲」。這個女孩在大師的調教之下，才藝品貌俱全，長大後成為東坡的「如夫人」，也就是侍妾。秦觀見到朝雲，不禁稱讚她：「美如春園，目似晨曦」，這樣的美是繁盛的，也是靈動的。朝雲是東坡的紅顏知己，瞭解他「一肚皮的不合時宜」，因此深得東坡愛寵。三十四歲那年，朝雲染上急症過世，東坡無比悲痛，親撰墓誌銘，並寫下這樣的楹聯：「不合時宜，惟有朝雲能識我；獨彈古調，每逢暮雨倍思卿。」

究竟是幸還是不幸呢？東坡一生遇見這樣和諧美滿的伴侶，卻一次又一次經歷死別的錐心之痛。我想，東坡先生聽見我的疑問，必然會捻鬚而笑的吧？「人有悲歡離合，月有陰晴圓缺，此事古難全。」他早有了這樣的體悟，能夠愛過再愛，源源不絕，乃是人間最完滿的幸福。

曼話情詩

〈蝶戀花〉

蘇軾

花褪殘紅青杏小。
燕子飛時，綠水人家繞。
枝上柳綿吹又少，天涯何處無芳草。
牆裡鞦韆牆外道，
牆外行人，牆裡佳人笑。
笑漸不聞聲漸悄，多情卻被無情惱。

曼 芳草雖然處處有，美麗的愛情卻多是執迷不悔的。

〈海棠〉

蘇軾

東風嫋嫋泛崇光，香霧空濛月轉廊。
只恐夜深花睡去，故燒高燭照紅妝。

那些深夜裡捨不得睡去的傾談，是戀人們最難遺忘的纏綿。

心中長存，初見的美好悸動

——人生若只如初見，何事秋風悲畫扇

翻閱報紙，又見一對神仙眷屬的藝人夫妻傳婚變，那麼高調的牽手定情，多年來的愛情長跑，最終還是免不了外遇、欺騙、背叛的難堪戲碼。天天餵養著這樣的情變故事，年輕一代對於愛情的看法，當然愈來愈負面悲觀。我的朋友經歷情傷之後對我說：「如果人也像電腦一樣，中了毒就還原到最原始的狀態，一切重新開始，那就好了。」而人類無法還原，這是我們比不上電腦的地方。

我想起唸大學時的那位男教授，他真可稱為一個極品男人。上課時的談吐丰采，翩翩風度，令太多女生著迷。好多女學生翹了自己的課，來聽他上課；總是坐在第一排，就那麼直勾勾地，對著台上的教授強力放電。教授當時五十多歲，正是男人最成熟也最嚮往青春美麗的年齡，如何能夠抵禦二十歲左右，那些活色生香的襲擊呢？我們這些仰慕的旁觀者，常常猜測著，他會在哪雙勾魂攝魄的眼眸中失守投降？是那個長髮披肩，淨白空靈的優雅女生嗎？是那個緊身低胸，風情萬種的熱情女

生嗎？

他一逕地溫和親切，卻從沒有任何出軌的傳聞或跡象發生，到底是怎麼做到的呢？直到唸了研究所，有機會去教授家中拜訪，看見師母的那一刻，疑惑更深了。師母的年齡與教授差不多，是個樸實素淨的婦人，話不多，靜靜穿梭在廳中，有時候為植物澆水，有時候為丈夫和學生們添茶，有時候悄悄退回廚房裡，可以聽見鍋爐的微細聲響。

有一次，教授和我們聚餐，大家都喝了點酒，那個說話一向大膽的學姊突然說：「老師這麼多年來都沒有桃色事件，是因為師母沒辦法離開老師的緣故吧？」教授微笑著說：「其實是我離不開她啊。沒有她的守護，我什麼也做不好的。」

教授的回答，令我們都有些詫異，一時之間，竟異常的靜默了。

多年後，師母已經過世，去教授家探望他老人家，也遇見了教授的女兒，她對我們談起父母親的愛情故事。原來，師母和教授並不是媒妁

之言的婚姻，教授在中學教書時，師母是他的學生，他們戀愛了，卻不被世俗接納，於是，師母離家私奔，切斷了自己的血脈之親。他們輾轉飄零，漸漸安頓，師母身兼數職，在工廠當會計，在家裡養雞賺外快，還把四個孩子拉拔長大，讓丈夫沒有後顧之憂，繼續進修，終於成為大學教授。

「小時候，我們不太明白父母的情感，爸爸很寵媽媽，當她是個小女孩一樣，還叫她的乳名。等到媽媽過世之後，我們才明白，在爸爸的眼中，媽媽永遠是他剛剛認識的那個女學生，那個為愛犧牲的少女。」師母從沒有老去，從沒有失去青春的吸引力，因為教授不知從哪裡得來一種神祕的能力，將這初遇的美好記憶永恆停格了。

停格，便不前行也不增長，當然，就不會毀壞了。

我們總是癡心的對情人許下天長地久的誓言，發自肺腑的說：「我會永遠永遠愛你，我要永遠和你在一起。」只可惜，永久是達不到的，

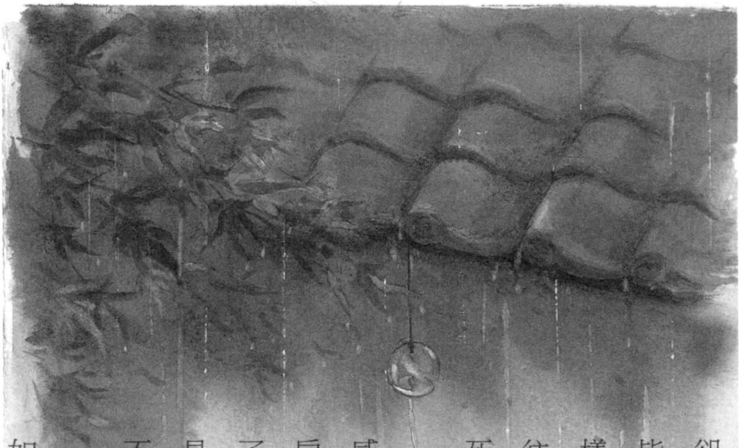

卻無可避免的漸行漸遠了。世間的事物，皆逃不過腐壞萎凋的命運，愛情，也是一樣。因此，我們對於愛情的保鮮術充滿嚮往和憧憬，如同富貴無雙的人追求長生不死。

至情至性的納蘭性德，發出過這樣的感慨：「人生若只如初見，何事秋風悲畫扇」，季節的更替是不可改變的，秋天到了，如何還能過著夏日的生活？他也知道是無可逆轉的，因此才說「若只如」，而不說「真可似」啊。

我在無可還原的人生中，仍歆慕那宛如神奇魔法的，初遇印象的永久保存。

人情是人詩

木蘭詞擬古決絕詞柬友

清 納蘭性德

人生若只如初見，何事秋風悲畫扇。
等閒變卻故人心，卻道故人心易變。
驪山語罷清宵半，淚雨零鈴終不怨。
何如薄幸錦衣郎，比翼連枝當日願。

人與人若都是如初初相見時的美好，憧憬無限，就不會像美麗的扇子到了秋天，只得被拋棄，隨著季節更替，發出悲傷的歎息。無緣無故的，親近的人就變了心，卻還說是我的心容易變呢。遙想唐明皇在驪山行宮裡，對摯愛的楊貴妃許下生生世世的諾言，正是夜半時分的私語。而當他

無法保護貴妃，讓她死在路途中，避禍於蜀地的明皇，一邊垂淚一邊聽著雨打簷鈴，想到誓言落空，心中難道沒有遺憾嗎？還不如那些穿著華麗衣裳的紈絝子弟，從不許諾長久的誓言，只貪享一朝一夕的歡愛。

納蘭性德（西元一六五五～一六八五），字容若，號楞伽山人，他的家世相當顯赫。父親是權傾朝野的武英殿大學士明珠，曾是康熙皇帝倚重的大紅人，獨攬朝政，炙手可熱。納蘭性德本人也是文武全才，十八歲中舉人，二十二歲中二甲第七名，康熙皇帝授他三等侍衛，而後又晉升二等、一等，隨侍君側。納蘭性德令康熙如此看重，一方面當然是因為他的詩詞「純任靈性，纖塵不染」，另一方面也與他的相貌儀表有關，曹雪芹的祖父曹寅，也是康熙皇帝的侍衛，曾與納蘭性德同事，回憶納蘭性德時便有「楞伽山人貌姣好」這樣的詩句。

納蘭性德雖是八旗貴族，卻喜歡結交漢族文人，與他們相互唱和，其樂融融。他身處貴宙皇親之家，卻對於功名利祿與官場的趨炎附勢感到厭倦，反而將純粹真摯的情感奉獻給了朋友。他曾替一位素昧平生的大學者吳兆騫奔走設法，讓他從流放的苦寒之地返回北京，並敦請他擔任館師授徒，更在他病逝之後為他操辦喪事，留下了「生館死殯」的佳話一樁。如此摯情的納蘭性德，又是在怎樣的失望與傷痛中，寫下了這首「決絕詞」寄給朋友呢？著實令人好奇。

至於他的感情生活，更為後人津津樂道，有各種捕風捉影的傳言，像是青梅竹馬、心靈相通的表妹被送入宮中，竟自盡而亡，使他悲痛不已，大病一場。其實，他真實的感情生活已經很乖舛了，與愛妻盧氏情深意篤，美滿和諧，只是宮中當職，聚少離多，三年後盧氏產後受寒而亡，納蘭性德字字血淚寫下悼亡之作。三十歲時在好友幫助下，納江南才女沈宛為妾，彼此唱和，彷彿神仙眷屬。可惜一年之後，納蘭性德隨康熙出巡江南，返回北京，染上急症去世了。

他的才情與品貌，純情與出塵，牽繫著皇帝，牽繫著戀人與友人，

也牽繫著千千萬萬的有情人。納蘭性德的去世，令北京城暗淡了，天上卻懸起一顆無比璀璨的明星。

曼話情詩

〈攤破浣溪沙〉

納蘭性德

風絮飄殘已化萍，泥蓮剛倩藕絲縈。
珍重別拈香一瓣，記前生。
人到情多情轉薄，而今真個悔多情。
又到斷腸回首處，淚偷零。

用情太深太多，反而造成彼此負擔。偏偏總有人執迷不悟。

〈蝶戀花〉

納蘭性德

蕭瑟蘭成看老去，
為怕多情，不作憐花句。
閣淚倚花愁不語，暗香飄盡知何處？
重到舊時明月路，
袖口香寒，心比秋蓮苦。
休說生生花裡住，惜花人去花無主。

曼 擔心洩露了多情的祕密，只好忍住，憐惜的話語，一句也不肯說。

當成末世一樣，深深相愛

——只愁歌舞散，化作彩雲飛

如果問起熱戀中的情人，下輩子還要不要在一起？多半都會甜蜜的回答，不但下輩子要在一起，還願生生世世永不分離。但若是問起已經成為夫妻的眷屬，下輩子還要不要做夫妻，就會聽見各種微妙的答案了。

「其實做母子也不錯啊，反正都是我在照顧他。」「嗯，我想和他當兄妹也挺好的。」「應該是同事吧，在工作上和她配合應該會比較愉快吧，一起生活的話，壓力就比較大了點。」「可以做朋友啊，我們這輩子一直沒機會當朋友！」

總而言之，什麼樣的關係都可以，就是不想再當夫妻了。從熱戀時的難捨難分，到夫妻之間的平淡無味，到底發生了什麼事？產生了什麼變化？

小時候，我看過一本通俗小說，叫做《七世夫妻》。書中把傳說裡所有苦苦相戀卻無法結合的愛侶都集合起來，為他們的乖舛命運找到正

當的理由，說他們是金童玉女犯了戒，被貶入凡塵，來受愛的苦刑，雖然深愛彼此，卻始終不能結合，歷經六次輪迴，直到第七世，才能有情人終成眷屬。

成了眷屬之後便能回到天庭，不需要再輪迴，當然也不需要再做夫妻了。這是不是表示，求之不得的時候最美好，等到真正求得的時候，一切都變得尋常了，當一次夫妻也就夠了？

因此，某天夜晚，當我在電視上，看見一對夫唱婦隨的名人夫妻，說他們下輩子還想當夫妻的時候，便吸引了我的注意力。他們不僅是說說而已，主持人只是試探的問問妻子，假若你的丈夫有了外遇該怎麼辦？妻子的眼眶瞬間就紅了，彷彿已經承受著不能負擔的悲痛。丈夫說他們去算過命，有高人指點，他們是三世夫妻。而現在這一世，就是最末一世當夫妻了。下輩子是不可能再當夫妻的，所以，他們要趁著現在可以相愛的時候更深深的相愛，錯過這一次，再也沒有機會了。

我忽然覺得，這個高人果然是「高人」，這是多麼好的一種說法，很多時候，因為要長長久久在一起，我們覺得身邊的人特別難以忍受。可是，如果，我們並沒有那麼多時間呢？如果，我們相愛的時間比想像更短促，會不會顯得彌足珍貴？

有一次，和一群朋友聊天，正好有個難以驗證的傳言，流星即將撞上地球，只剩下三個月之類的，繪聲繪影，煞有介事。我們都想像著，若只剩下三個月，該做些什麼事？有人說，再也不用受老闆的鳥氣；有人要去南極旅行；有人要向暗戀的男人告白；有人每天要吃一桶冰淇淋，再也不減肥了。

那晚的男主人握住女主人的手，望著她不再年輕的臉，說：「我要天天和老婆在一起。」大家都安靜下來，有個年輕人提醒他：「三個月耶，不做點別的事嗎？」

「三個月太短了，沒辦法再做別的事了。」男主人微笑地說。

到底是因為摯愛的關係，才覺得時間不夠？或是因為意識到時間不夠，必須深深相愛呢？

「只愁歌舞散，化作彩雲飛」，每一次，當我愛著的時候，牽起情人的手，心中都微微顫動。這隻手，可以牽多久呢？這樣併肩而行，可以走多遠呢？眼瞳中的火燄，可以一直燃燒嗎？

沒有前世，也沒有來生，當成末世一樣，永不饜足的相愛。

人情是人詩

宮中行樂詞（八首之一）

唐 李白

小小生金屋，盈盈在紫微。
山花插寶髻，石竹繡羅衣。
每出深宮裏，常隨步輦歸。
只愁歌舞散，化作彩雲飛。

好年輕的美少女，在美麗的黃金屋中；那樣輕盈姣好的姿態，出入於君王的居所。高高盤梳的髮髻上，點綴著從山中採來色彩鮮豔的野花；綾羅衣裳繡著石竹的繽紛花樣，妝扮得既貴氣又自然。因為受到寵愛，她常常從深宮中伴隨君王嬉戲行樂，歡笑一整天之後，再跟隨著君王回到宮中憩息。年輕的她，並沒有真正的煩惱，日日沉浸在歌舞之中，只是有時看得癡了，忽然擔心，這些美好的事物，會不會化作天上的彩雲，風一吹就飛散消盡了？

李白（西元七〇一～七六二），字太白，出生在碎葉（今哈薩克境內），大約五歲那年，李白隨父遷居到蜀中的青蓮鄉，那是他記憶中的故鄉，因此，自稱為青蓮居士。天縱英才的他，年少時博覽群書，很快學會了寫詩作文。加上對於劍術與道教的熱愛，使他的人生充滿傳奇與神祕色彩。

對詩仙李白稍有認識的人都知道，他一生離不開酒和女人。李白與

酒的關係密不可分，已經是毋庸置疑的，至於他和女人之間，就頗值得玩味了。他筆下的女性各有不同丰姿，有酒肆裡的胡姬；英姿煥發的秦女；深宮中的怨女；風情萬種的西施，還有雲想衣裳花想容，傾國傾城的楊貴妃。他既描繪出女性的美貌與性情，也刻劃了她們內心的活動與思維，只是，似乎都停留在賞翫的層次，保持著距離，這位情感奔放如黃河之水天上來的浪漫詩人，並沒有因愛情而投入的炙熱與哀愁。沒有相思的苦惱；沒有相愛的狂喜，就像是他的那兩句詩「卻下水晶簾，玲瓏望秋月」，涼涼的溫度，朦朧的美感。

二十七歲那年，李白婚娶前宰相許圉師的孫女，十年多的婚姻生活，生下了女兒平陽與兒子伯禽，第一任妻子在他三十八歲那年過世。婚姻和女人，從未能羈絆住李白飄流的渴望與步伐，他在浪跡天涯的歲月中，陸續遇見幾個女人，與她們共同生活，然而，這些女性的份量，遠不及他的摯友杜甫、高適，或是風流天下聞的孟浩然。

五十一歲的李白，遇見了生命中最浪漫的一場情事。他當時醉遊梁園，趁興在壁上題下〈梁園吟〉這首詩。原本，詩壁將會清洗乾淨，卻被一個女人所阻止，這女人是前宰相宗楚客的孫女，宗小姐用千金買下這面牆壁，將這首詩作保留下來。「千金買壁」成為佳話，她成了李白最後一任妻子。婚後幾年，宗小姐便修道去了，她與李白的結合，究竟是抱著愛戀的希望，卻感到了失望；或是因著慕道的共同志趣而相濡以沫，爾後又更上層樓呢？

想來，還是金屋中的年少宮女最快樂，穿著剛剛裁製的新衣裳，沐浴在清甜甘美的浪漫香氛中，想像著未來的愛戀如彩雲的舒卷，自在又美麗。

曼話情詩

〈妾薄命〉

李白

漢帝寵阿嬌，貯之黃金屋。
咳唾落九天，隨風生珠玉。
寵極愛還歇，妒深情卻疏。
長門一步地，不肯暫迴車。
雨落不上天，水覆難再收。
君情與妾意，各自東西流。
昔日芙蓉花，今成斷根草。
以色事他人，能得幾時好。

曼 相愛時的千般好，一旦情斷不留戀。

〈三五七言〉

李白

秋風清，秋月明，
落葉聚還散，寒鴉棲復驚。
相思相見知何日？此時此夜難為情。

曼 正因為不知幾時能相見，度日如年。

情書是最恆久的抒情

——相思意已深，白紙書難足

「如果每一句誓言都會成空，我們又何必說那麼多甜言蜜語？」

有一個精緻美麗的木匣子，在我面前被開啟，木香的氣味充滿在我的鼻管中，而更吸引我眼光的，是那一疊整整齊齊的信箋，貼著航空郵票，飄洋過海，傾訴情意的，那些信箋。

我的好友，用顫抖的手，取出信箋來，她的淚也就狠狠地落下來了。

她和男友原本說好要一起出國留學，她先出國去，男友晚兩年才能去國外找她。他們在分隔兩地的相思中，不斷給彼此寫信。只是，男友一直沒出國，等她學成歸國才發現，男友已經移情別戀了。這些信箋，成了情人負心的證物，也成了癡心的嘲諷。

這已經是二十年前的事了，那個年頭還沒有網路，也沒有手機。然而，有了網路和手機之後，愛的距離彷彿縮短了，一切就會比較順利嗎？阻礙變少了嗎？抵達愛情彼岸的機率增加了嗎？

其實並沒有。而我們確定失去了的，是手寫情書的能力、耐性，以及浪漫。

一九九七，去香港教書那一年，靠近文華酒店旁，有一家書籍雜誌店，販售各種顏色的信紙和信封，是我愛逛的一家店。那些信紙的紙質厚實，色彩相當鮮豔，還有深藍、橘紅這一類顏色，都配好了同色的信封。每一次我為朋友當導遊，總要帶他們到這裡來買信封信紙，大家也都選購得不亦樂乎。有時候我跳出來當個旁觀者，觀察朋友們含著微笑一張張的揀選，他們的面容發著亮光，彷彿已經知道這些信將寄往哪裡去；彷彿已經想好將要傾訴的那些情意，從那一個時刻起，書寫彷彿已經開始了。

是的，那還是常常寫信的年代，我的信箱中總是閃著亮亮的白光，從縫隙裡可以窺見躺在信箱裡的郵件。忙碌辛苦一天之後，用小鑰匙打開信箱的一刻，總能帶給我幸福的聯想，就像是打開家門嗅聞到煲湯的

氣味一樣。

如今，大家都用e-mail保持連繫，即時又省事。彷彿是約好了似的，彷彿只在一夜之間，我的所有朋友都放棄了手工書寫這件事，徹底遠離郵筒，遺忘了郵票，鎖死了信箱。而情書呢？那種一筆一劃專注書寫的愛情儀式呢？

前幾天，我在路邊等候朋友，一個女人從我身邊走過，她拿著一個A4尺寸的信封，信封上收件人的名字用手繪的藤蔓圈住，還開出紫色的牽牛花，是用色鉛筆畫出來的。我的心被溫柔的觸動了，曾經，我也收到過手繪的信封，是一個愛慕著我的男人，用粗粗的手指，為我繪製的。他那段時間獨居在海邊的小屋裡創作，好幾次邀請我去，而我總是沒能去成。於是，他告訴我：「我寄了一封信給妳。」過了兩天，信果然來了，在信封上畫了一幅落日的圖案，寫了簡單的幾個字：「真希望妳也在這裡。」打開大大的信封，竟然找不到信紙。

「相思意已深，白紙書難足。」我想到這兩句詩，怔怔地發了好久的獃，在信封透出的淡淡菸草氣味中。我想，我是明白的，明白他苦思許久，終難下筆。

如果每一句誓言都會成空，我們又何必說那麼多甜言蜜語？我的朋友流著淚，對我發出的質問，我是怎麼回答的？我想到自己寫過的情書；想到愛我的人寫給我的情書，想到我們相愛的真摯；書寫情書時的信仰——那時候，我們信仰永恆——因為愛的緣故，覺得自己無比壯大，可以抵禦一切無常。

我常覺得，情書是最癡情執著的，即使相愛過的人已經忘記彼此，情書仍溫柔的，固執的，永恆的，抒情。

人情是人詩

生查子（藥名閨情）

宋 陳亞

相思意已深，白紙書難足；
字字苦參商，故要檳郎讀。
分明記得約當歸，遠至櫻桃熟。
何事菊花時，猶未回鄉曲？

對你的相思愛意已經如此深刻，面對著一張雪白信箋，竟不知該如何下筆，因為，怎麼也道不盡我內心的情懷。每寫下一個字，都要反覆斟酌，仔細推敲，務必要讓親愛的情郎，讀出字裡行間的幽微與細膩。明明記得我們曾經相約，在櫻桃成熟的夏天，你就會歸來，回到我身邊。為什麼你竟被耽誤了，直到菊花盛放的秋天，仍沒有回鄉的消息

呢？

陳亞（生卒年不詳），字亞之，喜歡創作藥名的詩詞，想來不僅是文學之士，對中藥也很嫻熟瞭解。以這闋〈生查子〉來說，他以藥名來描繪閨中女子的相思與閨怨，總共八句，每一句都用了藥名或是諧音。既要符合格律，還要扣緊題旨，確實頗具巧思，含蓄又深情。

「相思意已深」，嵌入的是諧音「薏苡」，這是一種草本植物的種仁，稱為薏苡仁。有利尿、化濕、清肺熱、排膿、抗癌等作用，也是營養食品。

「白紙書難足」，嵌入的是諧音「白芷」，這是一種傘形科的草本植物，以根入藥，有發汗、止痛、解毒的功效。

「字字苦參商」，使用的是「苦參」這一味藥，苦參是豆科落葉亞灌木，也是以根入藥，味苦、性寒，有清熱、燥濕、殺蟲的功能。

「故要檳郎讀」，嵌入的是諧音「檳榔」，這是我們都很熟悉的

了，省道沿途能看見許多妖嬈美麗的檳榔西施；地上的血紅檳榔汁令人皺眉頭；過度栽種檳榔造成土石流，這些就是檳榔帶給我們的印象。然而，你可知道，檳榔的果實、種子和皮都能供藥用呢。可用於多種腸道寄生蟲病，又有行氣利水之功，用於水腫、腳氣腫痛。

「分明記得約當歸」，這可是大家都知道的「當歸」了，它乃是傘形科多年生草本植物，以根入藥。《本草綱目》記載：「當歸調血，為女人要藥，有思夫之意，故有當歸之名。」當歸，總給人一種相思的遐想，就像是女人對情人或丈夫的深情呼喚。

「遠至櫻桃熟」，嵌入的是諧音「遠志」這味藥，遠志科是多年生草本植物，為常用的中藥，性溫而味苦辛。具有安神益志、祛痰、消腫的功能，可用於失眠多夢、健忘驚悸、神志恍惚。

「何事菊花時」，「菊花」味甘苦，性微寒，有野菊和家菊之分，其中家菊清肝明目，野菊祛毒散火。中醫多用以主治目赤、咽喉腫疼、

耳鳴、風熱感冒、頭疼、高血壓、瘡療毒等病症。若長期食用，還有「利血氣、輕身、延年」的功效。

「猶未回鄉曲」，嵌入的是諧音「茴香」，藥性溫熱，有促進消化，暖胃、止痛的效果。如果真的有個女子，寫這樣一封情書給情人，就像是開了一帖藥方，藥引卻在情人身上，必要等到他歸來的那一天，一飲而盡，藥到病除。

曼話情詩

〈挂枝兒〉民歌選其二

明 馮夢龍編

想人生最是別離恨，
只為甘草口甜甜的哄到如今，

因此黃連心苦苦裹為伊擔悶。

白芷兒寫不盡離情字，囑咐使君子莫作負思人。

你果是半夏的當歸也，我情願對著天南星徹夜的等。

曼 愛著一個人，像在舌尖含著一片甘草，怎麼甘願換成苦黃連？

〈挂枝兒〉民歌選其三

明 馮夢龍編

你說我負了心，無甚枳實，

激得我蹬穿了地骨皮，願對威靈仙發下盟誓。

細辛將奴想，厚樸你自知。

莫把我情書也，當作破故紙。

曼 最難堪的應該是把舊日情書當成舊紙，論斤賣了。

持之以恆的浪漫，最珍貴

——采之欲遺誰？所思在遠道

「如果有一天，妳嫁給我，我每天都送妳一朵玫瑰花。」

「我最喜歡寫信給妳了，不管將來怎麼樣，我每個禮拜都會寫一封信給妳。」

「我把每個月的七號，訂為我們的情人節，我們一定要一起慶祝。」

在熱戀的時候，總會聽見這樣的盟約與承諾，這些事看起來並不那麼困難，送花啦、寫信啦、吃飯啦，很容易辦到的。問題是，一時興起是容易的，要持之以恆，卻是困難的。

所有的感情在穩定之後，都被放在一個奇特的位置，我們都需要它，卻都不再看重它。送花不太實際，免了吧；天天見面還寫什麼信，也免了吧；吃飯哪一天都可以約，何必一定要在七號這一天？通通都免了吧。於是，兩人世界不再浪漫，我們所需要的浪漫只好向外尋求。遇見另一個人，經歷著從陌生到熟悉，從柔情到激情，許多分岔的情感，

尋求的也就是浪漫。

我常問女性朋友，如果情人送花給妳，妳比較喜歡他一個月天天送妳花？還是一次送足三十朵花？在數量和花費上，其實可能是一樣的。但是，我的女性朋友都會選擇一天收到一朵花，持續三十天，天天都能收到花，感覺不太一樣。如果送花，代表的是情人的思念，那麼，我們當然願意天天被思念，而不是一次思念三十分鐘。

與天天送一朵花相比，一次送花三十朵，有種一勞永逸的感覺，接下來二十九天都不必再為這個人耗費心思了。這種幽微的情緒，恐怕是男人很難理解的吧，男人做的是大事，女人在意的是小細節，從送花這件事就能感覺到差異性。

我認識一位計程車司機，常常談到太太，他說太太願意嫁給他，真是很奇怪的事，他說他只是個計程車司機，太太卻是銀行行員。「以前我去銀行接她，她的同事還很羨慕的說：『哇！妳先生叫計程車來帶妳

回家喔？』我太太就說：『這是我先生啦！』她的那些同事，都說不出話來。」

說起自己跟太太從認識到共同生活的二十幾年，都是對太太的感恩，不嫌棄他，又幫他理財，還很孝順他的父母。「她可以嫁給老師啊，或者是公務人員，都不知道她為什麼選擇我啊。」「她一定是看見你的很多優點啊。」我說。

他說當他的太太很可憐，因為他不是一個浪漫的人，他說不知道怎樣做才是浪漫。他沒有送過花給太太，也沒有寫過情書給太太，他說他唯一能為太太做的事，就是每天去接太太下班，兩個人一起去買菜，再一起回家煮飯給小孩吃。

每天嗎？我很好奇。他說：「每一天啊，從來沒有間斷過，已經二十幾年了。」

這個在我面前穩穩掌握方向盤的男人，已經持之以恆的溫馨接送情二十多年，從不間斷地接了又接，竟然沒意識到這就是最浪漫的事？

沒有煙火與花海，不買鑽石，不登廣告，只是理所當然的，像在體內安裝了一個計時器，時間設定好了，不管生意好不好，不管錢賺得多或是少，都要去接太太。那一天，我很受到一些震動，如果這不是浪漫，到底什麼才是浪漫的事呢？

兩千年前，有這樣兩句詩「采之欲遺誰？所思在遠道。」說的是一個遠行的男人，經過一片水域，看見盛放的荷花，便涉水採下美麗的花朵，一個旋身，忽然愣住了。採花，是個慣性動作，為的是自己心愛的女人，最愛荷花，看見荷花的時候，便露出無比璀璨的笑容。如今，拿著荷花在手中，卻發現自己已經遠離家鄉，遠離愛人了。情景已然改變，習慣卻難戒除。

在愛情裡，看似微不足道的事，卻能夠持之以恆，原來才是最浪漫

的事。

人情是人詩

涉江採芙蓉

漢 古詩十九首

涉江采芙蓉，蘭澤多芳草。
采之欲遺誰？所思在遠道。
還顧望舊鄉，長路漫浩浩。
同心而離居，憂傷以終老。

涉過江水攀折一株開放的荷花，這花生長的水域滿是各式各樣的香草香花。當我把花採下來，忽然感到悵然若失，採花到底是要送給誰呢？我所思念的那個情人，已經在很遠很遠的地方了。轉過頭去，眺望

著遠方的故鄉，相隔如此迢遙，看不見路的盡頭。明明是心意相通的愛侶，卻得分離兩地，無法相聚。從此以後，伴隨著我的，只有無止無盡的憂愁與哀傷了。

古詩十九首，是漢代的五言古詩，由一群不知名的詩人所吟詠，再經過文人的潤飾，具有文學性與深刻情感。這十九首古詩常見的題目有兩種，一是遊子，一是思婦，二者其實是密切相關的。為生活所需，出遊在外的男子，家中多半會有翹首盼望良人早歸的女子，殷殷切切。看著天上的牽牛織女星，被銀河阻隔，這樣的心情，彷彿可以體會，「迢迢牽牛星，皎皎河漢女」，那樣遙遠的良人啊，像牽牛星一樣；這樣深刻的思念著他的我啊，像織女星閃亮著含淚的眼睛。

還有這樣一首詩，當良人遠行之後，飽受相思之苦的女子，愈來愈憔悴消瘦，衣帶愈顯寬鬆，感覺到時光無情的流逝，只能如此企盼著：「思君令人老，歲月忽已晚。棄捐勿復道，努力加餐飯。」既然你已經

遺忘了我，再多的叮嚀也無意義，卻只希望你在外地多吃點，好好保養身體。

在那樣遙遠的古代，每一次的分離都刻骨銘心，每一次的相思都百轉千迴。古詩十九首中，有個女子得到了遊子託人送來的一疋織錦緞，繡著色彩斑斕的鴛鴦鳥，雖然兩人相隔萬里，卻仍鮮明的將彼此懸在心上。女子決定將布匹裁製成一床合歡被：「著以長相思，緣以結不解。以膠投漆中，誰能別離此？」當我們的心，如膠似漆的緊緊黏著在一起，什麼力量能把我們分開？在無情的時間與空間面前，炙熱而堅定的愛侶，夷然睥睨，無所畏懼。

曼話情詩

〈客從遠方來〉

古詩十九首

客從遠方來，遺我一端綺。
相去萬餘里，故人心尚爾。
文彩雙鴛鴦，裁為合歡被。
著以長相思，緣以結不解。
以膠投漆中，誰能別離此。

曼 古代人是遠距離戀愛的實踐者，那個年頭可沒有手機和網路哩。

〈飲馬長城窟行〉

佚名

青青河畔草，綿綿思遠道。
遠道不可思，宿昔夢見之。
夢見在我旁，忽覺在他鄉。
他鄉各異縣，輾轉不相見。
枯桑知天風，海水知天寒。
入門各自媚，誰肯相為言。
客從遠方來，遺我雙鯉魚。
呼兒烹鯉魚，中有尺素書。
長跪讀素書，書中竟何如？
上言加餐食，下言長相憶。

曼 這樣的一場夢，還真是悲喜難分。

愛的出發，最奇幻的旅程

——鴛鴦自是多情甚，雨雨風風一處棲

作家沈從文說過這樣一段話：「我行過許多地方的橋，看過許多次數的雲，喝過許多種類的酒，卻只愛過一個正當最好年齡的人。」這是他在狂戀張兆和時，情書中的一段話，張兆和最終被這些情書打動，嫁給沈從文，與他共度風風雨雨數十年的艱苦日子。當然，結婚之初，翻天覆地的時代還未開始，他們也無法預料到後來發生的那些事。

「卻只愛過一個正當最好年齡的人」，這句話確實深深撼動了我，不是愛上青春的、美麗的那個人，而是最好年齡的那個人，誰說得準，那是什麼年齡？應該是正當相愛的那個年齡吧。

然而，這封情書中，沈從文同時寫道：「生命都是太脆薄的一種東西，並不比一株花更經得住年月風雨……」在愛人與被愛中，我們漸漸老去了，這一切都是不能掌握的，不斷變動、銷蝕，無常而哀傷。

所幸，我們與愛人都慢慢的年老，日夜相伴，手牽著手老去；或是隔著遙遠距離，在思念中老去。一同老去，也是一種和諧。

如果，相愛的兩個人，一個不斷老去，一個卻愈來愈年輕，會是怎樣的景況呢？

【班傑明的奇幻旅程】就是這樣的一部電影，叫做班傑明的這個孩子，一生下來就是八十歲的老人了，他被無情的遺棄，又被溫柔的收養，在老人院中長大。當他「很老的」小時候，遇見一個叫黛西的小女孩，他們留下相伴的美好記憶。當他「不那麼老的」青少年時期，離家去經歷生活，黛西與他約好：「不管你去了哪裡，都要寄明信片給我。每個地方都要寄。」

班傑明與眾不同，是倒著長的，一年比一年更年輕，更有活力。他經歷了世界大戰，在戰火肆虐中僥倖的存活下來。而他確實謹守承諾，不管去哪裡，都寄明信片給黛西。到底是怎樣的一種動力，使他持續這樣做？他當時可能並不明瞭，這就是愛情的力量，強韌地、如一條絲，穿梭在彼此的生命中。

每晚入睡前，不管班傑明在哪裡，都會說一聲：「晚安，黛西。」黛西漸漸長大，成為一個極有前途的舞蹈明星，仍期待接到班傑明的明信片，也在睡前喃喃地道一聲：「晚安，班傑明。」彷彿，他們一直安靜的陪伴在彼此身邊。

雖然把彼此放在心中最獨特的位置，卻總是一再錯過，相愛的時機。直到兩人的年齡差不多最接近的時候，終於相愛了。

在他們相愛之後，黛西漸漸變老，班傑明卻愈來愈年少，時間不會為誰停留，這很公平。黛西生下班傑明的女兒，班傑明卻覺得很苦惱，因為終有一天，他會比自己的女兒更幼小，不但無法照顧黛西和女兒，可能還得由她們來照顧他，因此，他選擇忍痛割捨這段關係，在他還能自主的時候，將一切財富留給最愛的家人，一個人飄然遠去。

許多年後，黛西年華老去，遇見了已變成孩子，並失去記憶的班傑明，她承擔了照顧他的責任。牽著最愛的男人蹣跚學步，將他襁褓入

懷，直到他閉上嬰兒的眼睛，與世長辭。

不管是一同老去，或是一個變老一個變年輕，相愛的時間總是短暫的啊，那麼那麼短暫。適合相愛的年齡；應該相愛的時機，不一定能遇見自己真正想愛的人。倘若遇見了，當然要好好相守。「鴛鴦自是多情甚，雨雨風風一處棲」，雖然不如鴛鴦多情，也要形影相隨的。

因此，不只是班傑明與黛西歷經了一段奇幻的旅程；沈從文與張兆和經歷了一段奇幻的旅程，每個愛過的，或是正在愛的人，都擁有自己的奇幻旅程。當我們被愛所吸引；當我們因愛而投入；當我們從愛情出發，就展開了如此奇幻的旅程。可惜，很多時候，我們自己並不知道。

人情是人詩

消夏詞

清 季淑蘭

無主荷花開滿堤，蓮歌聲脆小樓西；
鴛鴦自是多情甚，兩兩風風一處棲。

無人種植的荷花，到了夏日，便盛放綿延整條堤岸邊，如此清豔芳香。採蓮女子的歌聲，從小樓西邊一聲聲傳遞而來，如此清脆嘹亮。最吸引我注意的，卻是水上那一對鴛鴦鳥，相依相偎的深情，不管刮風或下雨，總是成雙成對的棲息在一處。

季淑蘭（生卒年不詳）是清代女詩人，而人們對於她的瞭解，卻是如此稀少。其實，明、清兩代三、四百年間，女性詩人超過三千之眾，

當時也有幾部重要的女性詩選，卻從未在文學史上受到注意，實在可惜。

中國古代一個有才華的女子，想要在文學中嶄露頭角，是非常困難的事。首先，她必須誕生在一個知識份子的家庭中，有個開明的父親，願意讓她讀書識字，鼓勵她的創作。等她長大之後，還要為她尋覓一門好親事，她的丈夫必須認同妻子的才華，甚至以妻子為榮，她才能在安定的環境中，持續創作，成為名家。這樣的名家，令人羨慕，在中國文學史中，找來找去，只有宋代的李清照一位而已。

在我看來，古代女性並不是缺少才能，而是缺乏機會。

機會極度缺乏的惡劣環境中，仍有許多女性突破萬難，自我鑄造，成為不折不扣的詩人，留下動人的詩作。像是漢代的班昭、班倢伃、蔡琰；東晉的謝道蘊；唐代的武則天、上官婉兒、薛濤、李治、魚玄機；宋代的魏玩、李清照、朱淑真；明代的黃峨、婁素珍、馬湘蘭。到了

清代，女性創作風氣更到達巔峰，出現許多作家與作品。性靈派詩人袁枚，晚年招收「隨園」女弟子，這四十幾位女詩人，產生於清代最繁盛的乾隆年間。當時社會風氣漸漸開放，對於女性的壓抑或輕視也有所改變，正是孕育女作家的大好時機。

袁枚培育隨園女弟子，在當時雖招來不少抨擊與污衊，被衛道人士所誤解，他卻依然故我，樂在其中。曾經召開兩次閨閣詩人詩會，編了《隨園女弟子詩選》，他的女弟子中，以席佩蘭、嚴蕊珠、金逸、汪玉軫、錢孟鈿、孫雲鳳最為知名。這些女子從靈魂深處歌詠，她們相互欣賞，彼此扶持。

想像著隨園深處，桃柳繁茂，一聲聲的曼妙詩語，我恨不能成為其中一個，衣袂輕飄的女弟子。

曼話情詩

〈折楊柳〉

唐　魚玄機

朝朝送別泣花鈿，折盡春風楊柳煙。
願得西山無樹木，免教人作淚懸懸。

曼 就算沒了樹木，見到白雲、青天、黃土坡，還是免不了淚懸懸。

〈如意娘〉

唐　武則天

看朱成碧思紛紛，憔悴支離為憶君。
不信比來長下淚，開箱驗取石榴裙。

曼 淚流得太多，紅色綠色都分不清了。

520
LOVE

黛綠

伯明罕中英格蘭大學視覺傳達研究所畢，文建會「好書大家讀」繪本畫家。
喜愛草木，窗裡窗外亂亂種，迷戀鳥獸蟲魚、養了一隻小鸚鵡當寶貝疼。
也收集小棄物造迷你屋，擁有「不動產」數棟。

願投注在水彩～這欠缺效率的小手活、傳承千古的老手藝，
去傾聽筆與紙推敲對話，見證顏料與水相應相許，
期許自己畫出有溫度而令人目光留駐的作品。

目前是鳥媽媽、黛綠畫室美育園丁、插畫與造小屋工作者
著：「小巧的志願」（國語日報）、「我的色鉛筆繪本」（尚書出版社）、
「我的水彩繪本」（雅事文化）
部落格：黛綠花園http://www.wretch.cc/blog/deliagarden

張曼娟藏詩卷 I

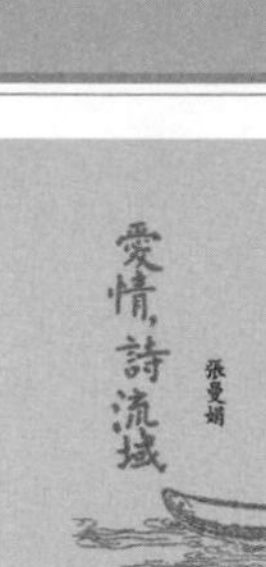

二五六頁・二八〇元・RC2001X

那個夏天，我們都在讀詩，
彷彿回到童蒙時代，
郎騎竹馬來，遶床弄青梅，
午後的蟬在樹上響亮鳴唱，
從第一首詩的古早，到永不止息的未來。

我們是從一九九九年開始的，要將古典詩歌與現代情懷，沖積成一片美麗的流域。我是愛詩的，愛它的悠遠浪漫；也愛現代生活，愛它的倉促現實，我想從詩中的愛情開始著手，於是，我們掘出了第一條水流。

——張曼娟

三十首悠遠雋永的中國古典情詩，三十則細膩動人的現代愛情故事，在世紀之交的絕美相逢。張曼娟以現代觀點詮釋古典詩作，以古典精神拼貼現代愛情形貌，帶領讀者進入一個探索古典領域的全新視界。

張曼娟藏詩卷 II

時光詞場

張曼娟

二四〇頁・二八〇元・RC2002X

少年聽雨歌樓上，紅燭昏羅帳。
壯年聽雨客舟中，江闊雲低斷雁叫西風。
而今聽雨僧廬下，鬢已星星也。
悲歡離合總無憑，一任階前點滴到天明。

少年的歡樂無憂，壯年的飄泊流浪，老年的閑淡了悟，這就是人生了。那雨是恒久的背景，永不離棄的陪伴，也是知曉一切祕密的。人生的祕密，時光的祕密。新的一百年開啟之際，我從雨中醒來，有一種跋涉長途之後的心滿意足。於是，我將這些經歷緩緩寫下來，如果其中也有你的心情，請不要驚奇，你知道，雨水啊，知曉著時光中所有的祕密的。

——張曼娟

沿襲《愛情，詩流域》跨越古典、現代的精神，精選各朝代精華詞作十八篇，涵括蘇軾、李清照、辛棄疾等著名詞人作品，題材上包羅人生各進程的際遇與心境；深入人生的種種悲歡苦樂。張曼娟以最擅長的短篇小說呼應每一首詞作的深刻內涵意蘊，並以長期浸淫中國古典文學的獨特視野，解析原作的時空背景與內容。動人的現代情愛故事，將再一次引領讀者進入或蒼茫或婉約的古典詩詞世界。

張曼娟藏詩卷 III

二二四頁，二四〇元，RC2004

春有百花秋有月，夏有涼風冬有雪；
若無閒事掛心頭，便是人間好時節。

我從沒有什麼座右銘，遇見困擾或煩惱的時候，也不求神問卜，我習慣翻閱詩。那些詩人從不吝惜，以他們的生命故事，給我們人生啟示。

這些詩詞帶給我們的，不只是多愁善感的情意，更多時候還有心靈與智慧的啟發。

我們必須有一首，或是幾首詩，要放進人生的行囊裡，足以抗禦這詭譎多變的人間。

我常想到童年時，背著詩，踢著石子，在黑夜裡暢快的奔跑。讓我們一邊唸一首詩，一邊把挫折和煩惱踢開，還給自己一個鳥語花香的好時節。

國家圖書館出版品預行編目資料

此物最相思/張曼娟著. -- 二版. -- 臺北市：麥田出版, 城邦文化事業股份有限公司出版：英屬蓋曼群島商家庭傳媒股份有限公司城邦分公司發行, 2024.02
面； 公分. -- (張曼娟藏詩卷 ; 4)
ISBN 978-626-310-619-2(平裝)

831.92 112022216

張曼娟藏詩卷 4

此物最相思（新版）

作　　者／張曼娟
選詩小組／張曼娟、高培耘、蔡佳瑩、李蕙如
企畫編輯／紫石作坊
責任編輯／林秀梅

版　　權／吳玲緯、楊 靜
行　　銷／闕志勳、吳宇軒、余一霞
業　　務／李再星、李振東、陳美燕
副總編輯／林秀梅
編輯總監／劉麗真
事業群總經理／謝至平
發 行 人／何飛鵬
出　　版／麥田出版
台北市南港區昆陽街16號4樓
電話：(886)2-2500-7696 傳真：(886)2-2500-1951
發　　行／英屬蓋曼群島商家庭傳媒股份有限公司城邦分公司
台北市南港區昆陽街16號8樓
客服專線：02-25007718、25007719
24小時傳真服務：(886)2-2500-1990、2500-1991
服務時間：週一至週五09:30-12:00・13:30-17:00
郵撥帳號：19863813 戶名：書虫股份有限公司
讀者服務信箱E-mail：service@readingclub.com.tw
城邦網址：http://www.cite.com.tw
香港發行所／城邦（香港）出版集團有限公司
香港九龍九龍城土瓜灣道86號順聯工業大廈6樓A室
電話：(852)-2508-6231
傳真：(852)-2578-9337
電子信箱：hkcite@biznetvigator.com
馬新發行所／城邦（馬新）出版集團 Cite（M）Sdn. Bhd.（458372U）
41, Jalan Radin Anum, Bandar Baru Seri Petaling,
57000 Kuala Lumpur, Malaysia.
電話：(603)-9056-3833
傳真：(603)-9057-6622
電子信箱：services@cite.my
插　　畫／黛綠
封面設計／林小乙
內頁設計／小靈
印　　刷／前進彩藝有限公司
初版一刷／2009年5月1日
二版一刷／2024年2月29日
定　　價／380元
著作權所有・翻印必究 Printed in Taiwan.
ISBN 9786263106192 9786263106161（EPUB）
本書如有缺頁、破損、裝訂錯誤，請寄回更新
城邦讀書花園
www.cite.com.tw

Rye Field Publications
A division of Cité Publishing Ltd.

廣　告　回　函
北區郵政管理局登記證
台北廣字第000791號
免　貼　郵　票

英屬蓋曼群島商
家庭傳媒股份有限公司城邦分公司

104 台北市民生東路二段141號2樓

▼

請沿虛線折下裝訂，謝謝！

文學・歷史・人文・軍事・生活

Rye Field Publications

RC2005X	此物最相思（新版）

讀者回函卡

謝謝您購買我們出版的書。請將讀者回函卡填好寄回，我們將不定期寄上城邦集團最新的出版資訊。

姓名： ____________________ **電子信箱：** ____________________

聯絡地址： □□□ ____________________

電話：（公）____________ 分機 ____ （宅）____________

身分證字號： ____________________（此即您的讀者編號）

生日： ____年____月____日 性別：□男 □女

職業： □軍警 □公教 □學生 □傳播業 □製造業 □金融業 □資訊業 □銷售業

□其他 ____________________

教育程度： □碩士及以上 □大學 □專科 □高中 □國中及以下

購買方式： □書店 □郵購 □其他 ____________________

喜歡閱讀的種類：（可複選）

□文學 □商業 □軍事 □歷史 □旅遊 □藝術 □科學 □推理 □傳記

□生活、勵志 □教育、心理 □其他 ____________________

您從何處得知本書的消息？（可複選）

□書店 □報章雜誌 □廣播 □電視 □書訊 □親友 □其他 ____________

本書優點：（可複選）

□內容符合期待 □文筆流暢 □具實用性 □版面、圖片、字體安排適當

□其他 ____________________

本書缺點：（可複選）

□內容不符合期待 □文筆欠佳 □內容保守 □版面、圖片、字體安排不易閱讀

□價格偏高 □其他 ____________________

您對我們的建議： ____________________

____

____